A Faint Cold Fear Thrills Through My Veins
William Shakespeare

Zu diesem Buch

GOLDENER LEBENSABEND
unter der ewigen Sonne Spaniens
Residenz am blauen Meer
liebevolle Betreuung

Als Nora und Georg diese Anzeige sehen, werden sie nachdenklich. Zwar fühlen sie sich noch überhaupt nicht als Rentner, sie sind eigentlich jung und dynamisch, wenn auch im Paß ein anderes Alter steht. Doch um so mehr haben sie das Gefühl, daß sie für den Rest ihres Lebens nicht in München versauern wollen. Die südliche Sonne, die herrliche Landschaft, das blaue Meer – das wäre doch die richtige Alternative zu dem grauen Deutschland. Auf jeden Fall wollen sie sich die Sache mal ansehen. Sie fliegen hin, und die Wirklichkeit dieser Seniorensiedlung ist noch schöner als jeder Reiseprospekt. Sie entscheiden sich, in diesem Paradies zu bleiben. Doch wie in jedem Paradies gibt es eine Schlange...

Irene Rodrian gewann im Jahre 1967, als noch niemand über Frauenkrimis sprach, für ihren ersten Roman «Tod in St. Pauli» (rororo thriller 3052) den Edgar-Wallace-Preis. Inzwischen hat sie zwar von vielen schreibenden Frauen Konkurrenz bekommen, aber sie ist immer noch die erfolgreichste deutsche Krimi-Autorin. Sie hat mehr als zwanzig Romane und Kurzgeschichten und Bücher für Kinder geschrieben. Außerdem Drehbücher für Film und Fernsehen und Hörspiele.

In der Reihe rororo thriller liegen vor: Friß, Vogel, oder stirb (Nr. 2910), Schlaf, Bübchen, schlaf (Nr. 2935), Der Tod hat hitzefrei (Nr. 2389), ... trägt Anstaltskleidung und ist bewaffnet (Nr. 2419) und in einem Dreierband Du lebst auf Zeit am Zuckerhut (Nr. 3010).

Irene Rodrian
Strandgrab

rororo
Rowohlt

rororo thriller
Herausgegeben von Bernd Jost

Originalausgabe
Veröffentlicht im Rowohlt Taschenbuch Verlag GmbH,
Reinbek bei Hamburg, September 1992
Umschlagtypographie Peter Wippermann / Susanne Müller
Umschlagfoto Thomas Henning

Satz Aldus (Linotronic 500)
Gesamtherstellung Clausen & Bosse, Leck
Printed in Germany
790-ISBN 3 499 43014 2

Die Hauptpersonen

Rosa & Pato	machen ihre letzte Reise
Anja & Fred	wollen das große Geld machen
Nora & Georg	machen sich nichts aus einem ruhigen Ruhestand
Ulla, Martin, Trudi, Susa, Haki, Monster & Co	machen sich einen schönen Lenz
Hanne & Gerd Katja & Paul Gisela & Lutz Gundula & andere	machen sich einen schönen Herbst
Ingeburg	macht sich unbeliebt
Iris & Bartolo	machen die Arbeit
Pedro	hat von Thüringen rübergemacht
Mario	hat angeblich alle Macht der Welt
José Maria Bach	macht sich so seine Gedanken

Dieses Buch ist ein Roman.
Phantasie, Erfindung, Märchen. Keine der Personen lebt oder stirbt wirklich, auch wenn Sie einige deutlich zu erkennen glauben. München leuchtet, keine Frage; diese Insel aber gibt es nicht. Nicht einmal dann, wenn Sie bereit sind, zu schwören, daß Sie höchstpersönlich schon einmal auf einem der Stühle in diesem Café am Hafen gesessen haben. Es wäre ein Meineid.
Diese Insel ist Fiktion.
Es könnte irgendein Platz irgendwo im oder am Mittelmeer sein. Italien, Griechenland, Portugal, Türkei, wo auch immer. Zugegeben, in dieser Geschichte erfreuen sich die Darsteller an allerlei spanischen Weinen, Tapas, Meeresfrüchten und sonstigen Anspielungen. Das hat nichts zu sagen. Die Autorin wußte es nicht besser. Das versichert sie glaubhaft.

1

Sie haßte Segeln.

Sie hatte es immer gehaßt. All die vielen Jahre. Jahrzehnte. Jahrhunderte. Er mußte ihr kein Zeichen mehr geben. Sie hörte das leise Knattern der Leinwand im auffrischenden Wind und duckte sich, bevor der Großbaum über ihren Kopf hinwegkrachte. Jetzt stemmte er sich gegen das Ruder. Sagte etwas, das sie nicht verstand. Sie zog den Reißverschluß ihrer grellpinken Wetterjacke hoch und legte sich weiter zurück. Das verdammte Boot müßte sich längst aufrichten. Wieso halste er nicht endlich! In weniger als einer Stunde würde es dunkel sein.

Die malerisch schroffe Felsenküste wich noch weiter zurück. Silbern schattierte Blautöne über einem fast türkishellen Meer. Der Horizont ein zitronengelber Faden und darüber die Farbglut der untergehenden Sonne. Wäßriges Orange über beißendes Zinnober direkt hinein in ein erst fahles, dann giftrotes Violett. Wie schon oft wünschte sie, besser malen zu können. Das hier bewahren. Eingefrorene Erinnerungen. Er schien Probleme mit dem Klüver zu haben. Dem Ruder, dem Schwert, irgend etwas stimmte nicht. Gleich würde er sie anschnauzen, und sie würde wie der Pawlowsche Segelhund losspringen. Sie sah an ihm vorbei. Konzentrierte sich auf das unvergeßliche Naturschauspiel. Das tägliche. Verrichtete aber zuverlässig alle die ihr andressierten Handgriffe und versuchte automatisch, die arthritischen Gelenke zu entlasten. Er bewegte sich auch etwas steifer als früher, aber das unterstrich eher noch seine Eleganz. Grotesk genug, er war 76, aber die Teenager im Yachthafen himmelten ihn an. Sein lockigweißer Haarschopf schien ein unermeßliches Potential an Vatikomplexen zu aktivieren. Ja, sicher auch sein Charme, seine Großzügigkeit. Sein Humor, nicht zu vergessen . . .

Im Moment sah es so aus, als hätte er ihn verloren. Hilflos hampelte er mit dem Ruder und den ganzen Tauen herum. Die Segel flatterten unkontrolliert, das dämliche Boot schlingerte vor sich hin. Die See kabbelte gegen die Holzplanken, der Wind knatterte in den Segeln, aber sie hätte es gehört, wenn er gerufen hätte. Er bellte seine Befehle immer wie Hornsignale. Sie würden es nie im Leben rechtzeitig zurück in den Hafen schaffen. Das so lang geplante Hummer-Dinner mit den Horns konnte sie vergessen. Oder dachte er, sie würde gleich so in salzverkrusteten Bermudas in ein Drei-Sterne-Restaurant gehen? Sie machte ihm Zeichen, aber er reagierte nicht.

Da erst merkte sie, daß er wirklich Probleme hatte. Sie bewegte sich nicht. Starrte ihn an. Wie er sich abmühte, das Segel zu reffen, daran riß und zerrte. Lautlos in den Wind brüllte.

Sie hatte Angst. Echte, wirkliche Angst. Das war etwas, was er nicht mehr im Alleingang regeln konnte. Und wie immer bezog er sie nicht mit ein. Er verhedderte sich in seinen Leinen. Das Boot krängte hilflos in den immer höher bockenden Wellen. Das Wasser. Sie sah das Wasser über ihre Segelschuhe schwappen. Von innen, es kam nicht von außen, es kam von innen. In kleinen dynamischen Kringeln. Höher. Sie schrie. Ihre Stimme war nicht mehr sehr laut, den Rest verschluckte das Brettern der Wellen und das Klacken der Segel. «Hilfe! Hilfe! Sieht uns denn niemand! Hilfe!!!»

Das Meer war jetzt ziemlich rauh, die blinkenden Lichtreflexe verschwanden in der Sonne. Plötzlich und ohne Übergang. Orange und Lila wurden von Mausgrau geschluckt. Bleigrau, Stahlgrau, Eisengrau. Die obersten Felsspitzen der Steilküste hatten noch Farbe. Rosa. Graurosa. Felsen, Bäume und Häuser waren eins.

2

Selbst mit dem starken Fernrohr war das Segelboot kaum noch auszumachen. Ein kleiner weißer Winkel im silbriggrauen Nichts. Letzte Sonnenreflexe. Fred griff nach seinem Drink, ohne das Zeiss abzusetzen. Das Boot hatte ernsthafte Probleme. Es lag viel zu schief. Der Whisky war durch das lange Rumstehen verwässert. Die beiden Jacken waren gut zu erkennen. Postgelb und Grellpink zu schlohweißem Haar. Sie hatten keine Leuchtraketen gesetzt, keine Signale. Er atmete tief durch. Die gelbe Jacke schien über Bord gespült zu werden, die rosa hielt sich noch oben. Immer noch. Immer noch. Wenn er mit dem Auto runter ins Dorf zum nächsten Telefon fuhr... Anja riß ihm das Fernglas aus der Hand. Er maulte, drehte sich dann aber zum Tisch und schenkte sich neuen Scotch nach.

Anja stand wie ein Denkmal. Schmal und schön und blond. Fred lutschte einen der Eiswürfel.

Anja spürte seine Blicke im Rücken und fand sie nicht unangenehm. Von dem Segelboot war nur noch das Heck zu sehen. Der eine Graukopf war verschwunden, der andere pulste noch herum, von einer pinkrosa Jackenblase hochgehalten. Es war zu dunkel, um noch etwas zu sehen. Oder zu unternehmen. Zu spät. Das Heck stieg noch einmal senkrecht hoch, zögerte einen Moment und tauchte dann mit einem aufblitzenden Strudel endgültig weg.

Anja hielt die Luft an, um den kaum noch erkennbaren Kreis auf den Wellen nicht aus dem Fernglas zu verlieren. Nichts. Doch. Da war sie wieder. Noch immer! Die pinkrosa Luftblase. Unsinkbar wie ein Boje.

«Anja.»

«Nein.»

«Könnten wir nicht doch noch...»

«Nein!»

Pause, das Klicken der Eiswürfel, Schluck. «Ist noch was zu sehen?»

«Nein.»

Es schien Stunden zu dauern, bevor sich der kleine runde neonpinke Fleck langsam abflachte und von den grabgrauen Wellen aufnehmen ließ. *Fini.* Anja stieß mit einem Seufzer die Luft aus und legte das Zeiss weg. Schluchzer. Das eben hatte geklungen wie ein Schluchzer. Fred drückte ihr einen eisklingenden Wodka Tonic in die Hand, umarmte sie kurz und fiel in den Liegestuhl. Er hatte keine Kraft für mehr Trost. Anja hielt sich das kalte Glas an die Schläfe. Die Eiswürfel klimperten und verrieten ihr Zittern. «Eigentlich seltsam, daß es sinkt. Ich meine, ein Boot aus Holz!»

«Es wird wieder hochkommen», sagte er düster. «Nicht so ganz mehr in einem Stück, aber es wird hochkommen.»

«Und?»

«Kommt drauf an», er machte neue Drinks, hielt sich an der Action fest. «Einerseits gibt's hier eine ablandige Strömung. Das würde uns helfen. Aber heute steht der Wind saublöd, direkt auf die Küste.»

«Könnte sich aber noch drehen. Macht er ja dauernd.»

«Könnte, ja. Sie könnten aber auch einen von den beiden finden. Dann suchen sie. Und dann finden sie das Boot, bevor es irgendwo gegen die Felsen geschrammt ist.»

«Und?»

«Nichts weiter, hoffe ich», er hob die Schultern, ohne sie anzusehen. Nichts, schwöre ich dir, hatte er vorher gesagt. Sie fragte nicht, wie er es gemacht hatte. Sie wollte es nicht wissen, und sie wußte, daß er nicht darüber reden wollte. Sie stellte ihr Glas auf die weiße Mauer und ging zu ihm hinüber. Er lachte sein Kleine-Jungen-Lachen. Sie zog ihn hoch, und er verschüttete seinen Whisky, als er sie küßte.

Es war eine Szene wie im Kino. Auf der einen Seite das Meer, so blau und weit und unergründlich, der samtene Himmel, an dem schon der Abendstern funkelte, und auf der anderen Seite das schneeweiße Haus mit den maurischen Bogengängen. Und dazwischen auf der breiten Terrasse stand das Liebespaar und küßte sich. Ein schönes Paar vor einer schönen Kulisse. Fred schnaufte, bebte und zuckte auf. Heulte in ihre Halskuhle, klammerte sich an ihr fest. Sie küßte ihn weiter, strich durch sein Haar, über seinen

Rücken, sprach zärtlich auf ihn ein, brachte ihn so ins Haus, weg vom Meer, weg von der Unendlichkeit.

Durch das lange Wohnzimmer mit Bastteppichen und Rattanmöbeln die weißen Stufen hinauf auf die Galerie, ins Schlafzimmer. Fred ließ sich von ihr ausziehen, ins Bad bringen, unter die Dusche bugsieren und waschen. Sie kam dazu und allmählich begann er, ihre Zärtlichkeiten zu erwidern.

Ganz eindeutig hatte er in seiner Kindheit zu viele amerikanische Filme gesehen. Sie haßte es, wenn er so hilflos auf dem Charme des kleinen Straßenjungen rumjonglierte, aber natürlich war das auch ein Teil der Anziehung. Morgen würde er wieder den Macho spielen. O verdammt, was wäre es schön, manchmal einen Bärenmann zu haben, einen, an den man sich anlehnen konnte, der einen tröstete, festhielt und einen nicht mit einem «Nichts weiter, hoffe ich» abspeiste.

Ihr Bett war ein Zwei-mal-zwei-Meter-Klotz aus weißem Stein, bedeckt mit weichen Matratzen, Laken, Kissen und Decken. Seide und Cashmere. Türkis und Violett, die Farben des Meeres. Und Pink. Anja stieß die Decke mit den Füßen weg. Fred saugte schon an ihren Brüsten. Gott, ja. Es war keine sehr erotische Angelegenheit, wirklich nicht, aber sie erkannten sich und waren zusammen. Eindeutig, klar und ehrlich. Im Schlaf schoben sie sich wie Löffelchen ineinander und wurden uneinnehmbar.

Als die Sonne aufging, war sie taktvoll genug, das auf der anderen Seite des Hauses zu tun. Fred und Anja schliefen. Der Hitze wegen auseinandergerollt, aber doch in ihrer ganzen Körperhaltung einander zugewandt. Anja wurde als erste wach, öffnete die Augen und sah Fred an. Die eine Backe zerknautscht auf dem Arm, den Mund vorgeschoben, die runde Schulter glatt, seidig und sonnengebräunt. Und mit einem kleinen goldenen Haarbuschen obendrauf. Ameisenklein. Auch die andere Schulter hatte so einen Buschen, als wäre er ein Zierpferd. Dazu noch ein kleines Vlies auf der Brust. Im Winter dunkel, jetzt pures Gold. Sie begann leicht an den Härchen zu zupfen. Über die Schultern zu streichen, die schweißfeuchte Haut zu kraulen, sehr vorsichtig an die bekannten Zonen ranzustreicheln. Darüber hatten sie schon oft Witze gemacht. Ihre Haare wurden silbern. Gold und Silber. Er machte die Augen auf. Olivgrün. «Ich liebe dich.»

Der Wind hatte gedreht. Weit weg, am anderen Ende der Bucht bewegten sich die Pinien im Wind, man konnte es sehen, auch weiter draußen kräuselte sich die See noch, aber hier oben war es ruhig. Anja deckte den Frühstückstisch auf der Terrasse, und unter ihnen weitete sich das Meer bis zum Horizont wie ein matter Spiegel. Undurchsichtig. Sie hatten einen guten Appetit. Orangensaft. Im Rohr aufgebackene Croissants, Eier, die ganze Palette. Fred hätte gern Spiegeleier mit Speck auf Toast gehabt, aber Anja hatte das abgelehnt. Der Geruch am frühen Morgen hätte sie umgebracht. Allein das. Heute tranken sie Champagner. Sie hatten es geschafft, es war getan, der neue Tag war jung, naiv und unbescholten. Das Leben begann erst jetzt. Nagelneu. Anja sah Fred an, sie saßen beide mit dem Rücken zum Meer. Er hatte nur weiße Shorts an. Straff gebräunter Körper und etwas zu lange Haare. Sonnengebleicht, nach hinten gekämmt. Anja trug etwas, das aussah wie ein Unterrock aus den zwanziger Jahren, war aber ein stinkteures Designerkleid. Weiße Seide. Anja träumte manchmal davon, Schriftstellerin zu werden. Schöne Geschichten zu schreiben. Wenn sie Zeit hatte. Wenn das alles vorüber war.

Fred tunkte sein Croissant in den Kaffee, saugte an dem braunen Schlabber und spuckte aus. «Schmeckt ja widerlich!» Er knallte die Tasse so heftig auf den Tisch, daß sie überschwappte. «Soll das etwa Kaffee sein?!»

«Vielleicht hab ich zuviel erwischt», sie putzte den Fleck mit ihrer Serviette auf.

«Ja. Mal zuviel, mal zuwenig! Kannst du dich nicht einmal an die Mengenangaben halten, verdammt!?»

«Fred, bitte!»

«Scheiße!»

«Fred. Bitte, ich hab auch nur Nerven! Und an wem immer du es auslassen willst, bitte nicht an mir!»

«Bitte, bitte!»

«Du kannst ja gleich unten im Hafen einen *cortado* bestellen oder einen *café solo* oder auch sieben!»

Schweigen.

«Wir müssen sowieso runter.»

«Aber nicht sofort! Ich meine, es hat doch keine Eile.»

«Doch. Maria kommt gleich.»

«Scheiße!»

«Du kannst ja selber putzen, verdammt noch mal!» Sie hörte selbst, daß ihre Stimme begann, schrill zu klingen. Sah ihm zu, wie er sich eine Zigarette ansteckte. Die vorletzte in einer Packung, die er erst gestern früh gekauft hatte. Nach drei nikotinfreien Monaten. Sie mußte mit Gewalt eine Bemerkung unterdrücken. Aber sie konnte sich noch zu genau an den Horror der ersten Monate erinnern, als sie selber aufgehört hatte. Jetzt war das immerhin vier Jahre her. Sie hatte es geschafft, sozusagen. Doch immer wieder packte sie unerwartet und kaum kontrollierbar die gierige Faust der Anfechtung. Ganz besonders natürlich in Streßsituationen. Und das war ja wohl gestern eine gewesen. Mord, oder?

Sie stand auf, strich ihm im Vorbeigehen über die Haare und holte das neue Hemd aus dem Schrank, das sie ihm eigentlich zum Geburtstag hatte schenken wollen. Schwarze Seide mit einem schmalen Ethnomuster auf der Knopfleiste. Sie legte es ihm von hinten um die Schultern. Er reagierte wie erwartet. Drückte die Zigarette aus und sprang auf. Er konnte sich freuen wie ein Kind. Er zog es sofort an. «Ich kann die Shorts doch anlassen, oder?»

«Klar. Sieht super aus.»

«Und den silbernen Mexikogürtel?»

«*Too much*. Ist doch ein ganz normaler Vormittag.»

«Ja, genau. Danke!» Er umarmte und küßte sie und steckte voller Unternehmungslust Geld und Autoschlüssel ein.

Im Auto dann war er wieder schweigsam, fuhr viel zu schnell. Der hartgefederte Rover vibrierte unter ihnen, und Anja mußte beide Arme um ihre Brüste klammern, um sich festzuhalten. Keine Frau würde freiwillig so ein Trampolin kaufen. Aber Fred liebte dieses Auto heiß und innig. Er hatte es *second hand* von einem Ami gekauft, dem der ganze Transport mit der Fähre von der Insel zu umständlich und zu teuer gewesen war. Relativ preiswert. Sehr relativ. Sie hatte den Verdacht, daß er sich vor allem wegen der ausgefallenen Speziallackierung in die Karre verliebt hatte. Metallic-Burgunderrot und goldene Flammen, die wie Tigerstreifen darüber züngelten. Weiße Ledersitze. Fast weiß. Sah alles in allem sehr schnell aus. Er nahm eine Kurve zu knapp und kam ins Schleudern. Schrie auf. Fuhr den Rest der Strecke so langsam, daß sie ein paarmal von Landmaschinen angehupt wurden.

In den Hafencafés war um die Zeit noch nicht viel los. Ein paar Frühaufsteher, ein paar Touristen. Sie setzen sich in eins, in das sie sonst nie gingen. Fischer und Arbeiter, keine Gefahr, über Bekannte zu stolpern. Alte Bistrotische mit Schmiedeeisenfuß und Marmorplatte, Alustühle dazu. Sie nahmen einen gleich neben der Tür. Auf den ersten Blick konnte man sie von der Promenade aus nicht sehen. Fred ging Kaffee holen, brachte statt dessen zwei Weißwein. «Die Kaffeemaschine ist kaputt.»

Sie saßen an ihrem Tisch und tranken Wein. Zum dritten nahmen sie eine Tüte mit Chips. Sie warteten. In den Zeitungen würde heute noch nichts stehen. Morgen vielleicht, eher übermorgen. Und sicher nur eine kleine, nichtssagende Meldung. Die Arbeiter dort vorn an der Theke wußten vielleicht schon etwas, aber sie sprachen viel zu schnell und außerdem auch noch Dialekt.

«Bringt hier nichts», meinte Fred und schnappte sich den letzten Kartoffelchip.

«Kommt vermutlich erst am Nachmittag rum oder abends.» Sie wäre gern hiergeblieben, in der Anonymität. Fred stand schon auf und zahlte an der Theke. Quatschte irgend etwas in seinem Pidgin-Spanisch mit dem Barmann und den zwei Fischern neben ihm. Sie ging schon mal raus.

Einen Moment lang war sie von der Sonne geblendet. Vermutlich war es der Wein. Ihr war übel. Sie hielt sich an einer Platane fest. Atmete tief durch. Es stank nach Diesel. Die Straße, der Hafen. Eins der Touristenboote legte ab und hinterließ eine grauschwarze Rußwolke, die sich über das Denkmal und die Bänke für Rentner legte. Der Gestank war farblos und drang tiefer. Die Masten der Yachten stachen wie Zahnstocher auf einer Häppchenplatte in den Himmel. Von hier aus sah es aus, als wären es Hunderte. Kein Mensch würde merken, wenn eins fehlte.

Die schlichte Wahrheit war, daß diese beknackten Segler sich fast alle kannten, ihre blöden Schiffe unentwegt im Auge behielten, einander halfen, wenn's nötig war, eine Art verschworene Gemeinschaft bildeten. Anja verstand nicht viel davon. Wenn sie einen von ihnen kennen würde, dann wüßte sie sofort, was man sich im Hafen für Gerüchte erzählte. Sie bezweifelte, daß Fred wirklich so schlau vorgegangen war, wie er behauptet hatte. Er war leicht zu begeistern und glaubte dann auch an das Unmögliche. Ich schwör's dir!

Zwei Jungen schlappten an ihr vorbei. Müde und übernächtigt in runtergetretenen Espadrilles und blau-weißen Ringelhemden. Engländer. Sie verstand etwas wie «*two old people*», «*missed*» und noch ein Schwall von Worten, die in einem hohen Gelächter mündeten. Wieso kam Fred nicht endlich. Was machte er da stundenlang in der Bar! Die beiden Engländerjungen waren stehengeblieben.

Anja ertappte sich dabei, schamlos zu den beiden hinzuglotzen und zuzuhören. Die hochschwappende Panik ließ sie alles vergessen. Nein. Nein. Anja machte ihre Atemübungen. Schloß die Augen. Versuchte, sich zu beruhigen. Kreischte auf, als sie die Hand auf ihrer Schulter fühlte.

«Anja.» Fred. Sie klammerte sich an ihm fest.

«Ich hab Angst», flüsterte sie, «ich hab Angst, verdammt noch mal! Ganz beschissene Angst.»

Er schwieg.

3

Toscanabrötchen, Elsässer, Dänische, es gab einen Haufen leckerer Neuheiten beim Bäcker. Richtig international. Nora nahm zwei Toscaner und zwei Elsässer, zwei Brezen und einen Speckring. Georg hätte Dänische Mohn und Kissinger genommen. Aber Georg war erst morgen wieder dran. Sie wechselten sich ab. Jeder eine Woche. Frühstück zum Verwöhnen. Parmaschinken und den Käse hatte sie schon. Georg liebte es süß, sie eher deftig, für Diät hatten sie beide nicht viel übrig. Sie sah auf die Uhr. Noch reichlich Zeit. Sie ging einen Block weiter zum Franzosen und kaufte frische Riesenshrimps, Terrine vom Kaninchen und ein paar Croissants, die waren eben einfach besser. Natürlich würde dann keiner die Kissinger mehr essen. Sie kicherte vor sich hin, als sie noch einen *Méthode Champenoise* aus dem Kühlfach fischte. Die Namen konnte sie sich nicht merken. Aber dieses Prizzelwasser schmeckte wie echter Champagner. Georg würde sicher wieder eine Bemerkung über Alkohol machen. Vor allem Alkohol am frühen Morgen. Nora fand, daß a) Champagner kein Alkohol war und b) elf Uhr kein Morgen, sondern eher fast Mittag.

Nora stapfte sehr zufrieden zu ihrem Haus zurück. Nicht, daß ihnen das Haus gehört hätte. Sie lebten dort nur seit über dreißig Jahren. Gott soll schützen! Eher fast vierzig Jahre! Georg machte damals gerade seine Referendarzeit und schrieb auch schon mal Beiträge für Fachzeitschriften. Und sie verdiente regelmäßig. Fremdsprachensekretärin. Heute verdienen die ein Vermögen. Damals gab's kaum Auslandskontakte. Die Eltern hatten zugeschossen. Seine nur murrend, ihre hatten das Häuschen beliehen. Das war so lange her. Alle tot.

Nora ließ den Lift stehen und lief die Treppen zu Fuß hoch. Pfiff dabei. Irgend jemand hatte hier reichlich After-shave verbreitet. Nahm einem ja den Atem. Sie verschloß die Brötchentüten, um sie nicht zu vergiften, klemmte sie zwischen die Knie, um die Tür aufzuschließen. Das Schloß hatte seine Macken, man brauchte zwei Hände dazu. Hinter den Jugendstilornamenten leuchtete die goldgelbe Flurlampe. Die Treppe stank nach Bohnerwachs. Und Katzenpisse. Emil von oben. Emil war ein alter Siamkater und hatte sich gegen einen Dackel, zwei Pudel und eine fette Perserkatze durchzusetzen. Alle im Haus waren für Emil. Außer den Besitzern der letztgenannten. Die forderten, daß Emil kastriert würde. Als ob er ihre Hunde schwängern könnte. Oder womöglich die längst operierte Perserdame ihres Shadors berauben.

Georg spielte ausgerechnet Wes Montgomery, *A California Dreaming*, allein dafür liebte sie ihn. War sie entschlossen, ihn zu lieben. Was denn auch sonst. Ja, genau.

Georg kam in die Küche und packte die Tüten aus. «Hmmm», er hatte schon gedeckt, Orangensaft ausgepreßt und die Kaffeemaschine angeworfen. Gute Laune also, sie atmete auf. Er war sogar rasiert und hatte den unsäglichen Bademantel gegen Cordhosen und Flanellhemd getauscht. Das war ein harter Kampf gewesen. Ihn dazu zu bringen, sich schon morgens früh zu rasieren und anzuziehen. Nur für sie. Jetzt, wo er doch endlich FREI war.

«Du siehst aus wie ein berühmter Schriftsteller», sie schenkte Kaffee ein, er hielt ihr den Brotkorb hin, grinste schief.

«Ja? Wie welcher? Norman Mailer? Aber der war nie Holzfäller oder Farmer. Und sah auch nie so aus. Also eher schon Thomas McGuane. Aber der ist viel jünger. Bleibt also nur noch der Holzfäller. Oder Rentnerfarmer.» Er ließ es wie einen Witz klingen, aber sein Rentnerstatus wurmte ihn immer noch gewaltig. Zu Anfang hatte er nicht mal die verbilligten Tarife bei Bus und Bahn in Anspruch nehmen wollen.

Nora biß genußvoll in ein Lachsbrot. Sie dachte nicht gern an die erste Zeit zurück. Sie hatten sich beide wie Kinder auf die Zeit ohne morgendlichen Wecker gefreut und nie damit gerechnet, so tief ins Loch zu fallen. Grotesk, lächerlich, so was mochte anderen passieren, nicht ihnen. Sie hatten auch vorher schon eine Menge Zeit miteinander verbracht, die ganzen Nachmittage, seit sie nur noch halbtags arbeitete, hatten viele Interessen, gemeinsame und andere, Freunde, Spaß am Leben. Und sie waren gesund. Leicht übergewichtig, nur mäßig sportlich, aber gesund. Und nun wirklich keine Workaholics, im Gegenteil. Sie hatte ihren Job bei dieser Versicherung am Schluß nur noch zähneknirschend gemacht. Wobei sie 75 % ihrer Energie darauf verschwendete, sich aus Bürointrigen rauszuhalten. Und Georg hatte unter den immer mehr übergreifenden Reglementierungen des Kultusministeriums und der gleichzeitigen Verrohung der Schüler regelrecht gelitten. Hatte kaum noch schlafen können und den Nachmittag statt mit Korrekturen eher mit Rotwein verbracht.

Er packte sich Butter und Kirschmarmelade auf ein Croissant und stand auf, um die Platte umzudrehen. «Ich hab Helmut angerufen. Er kommt heute abend vorbei.»

«Klingt geheimnisvoll.»

«Rat mal!»

«Er braucht Geld.»

«Möglich. Aber das ist nicht der Grund.»

«Er hat eine neue Liebe und will sie uns vorstellen, und ich soll Bœuf Bourgignon machen.»

«Ah ja, das wär mal wieder was. Ist es aber auch nicht. Er bringt etwas.»

«Nicht freiwillig. Du hast etwas bestellt. Die Frage ist nur, was? Einen neuen Toaster?»

«Lauwarm, hört aber auch auf r auf.»

«Sag bloß, du hast einen CD-Player gekauft!»

«Es mußte sein. Ich hab's neulich wieder bei Uli gehört. Es klingt einfach *vollkommen* anders.»

«Und unsere ganzen Platten?» Sie hatten zusammen in all den Jahren sicher an die tausend Platten gesammelt, einige davon wirkliche Rosinen. Nora hatte ein fast sinnliches Verhältnis zu diesen quadratischen Glanzlackhüllen, die die Schellacks ihrer Jugend abgelöst hatten.

«Die behalten wir natürlich. Norchen! Wir bekommen einen ganzen Turm. Da ist alles drin, Kassettendeck, Radio, alles. Helmut kennt sich aus. Ist auch nicht so furchtbar teuer...»

«Aber, wir müssen uns doch jetzt neue Platten kaufen, CDs.»

«Sag ich doch», er sprang auf und holte den Champagner aus dem Kühlschrank, brachte Rotweingläser dazu, aber sie sagte nichts. Freute sich, daß er so begeistert war, voller Pläne und Energie. Er legte ihr einen Katalog von 2001 hin, mit einer ganzen Menge leuchtendgelber Markierungen. «Gleich nachher gehen wir hin und kaufen ein. Und heute abend gibt's ein Fest. *Music's in the air!*»

«Sollen wir noch jemand einladen? Peter und Susanne?»

«Kaisers. Und Ulla natürlich, Ulla liebt Jazz.»

«Dann auch Charly. Monster, wenn er Zeit hat. Und Trudi, das arme Huhn. Wenn wir schon Bœuf machen, dann gleich richtig.»

«Cheers!»

«Santé!»

Das Zeug war wirklich lecker. Prickelte kühl runter und paßte zu Lachs, Pâté und dicken Shrimps. Nora war glücklich. Georg sprang auf, brachte das Geschirr in die Küche, spülte ab, legte eine neue Platte auf, pfiff dazu, knuddelte sie im Vorbeitanzen. Das Leben war doch verdammt schön.

Wie aufs Stichwort schob sich draußen die Sonne zwischen zwei dieser matratzengrauen Wolken, die in diesem Jahr ein Dauerabonnement auf Münchens Himmel zu haben schienen. Die Sonne spiegelte sich in einem der gegenüberliegenden Fenster und warf einen kühnen Funken auf die Champagnerflasche und nun auch auf Georgs Holzfällerhemd. Rot, Grün und ein wenig Weiß und Gelb. Jetzt hatte er Artie Shaw aufgelegt, *Born To Swing,* und swingte und tanzte dazu. Sah richtig süß aus. Knuddeltanzbär. Sie sprang auf und hopste mit ihm mit durch die Staubfunken, die im reflektierten Sonnenstrahl flirrten.

Georg hatte es am Anfang total umgehauen. Er hatte sich nach ein paar Ferienwochen fallen- und gehenlassen. War passiv und mißmutig geworden, und das um so mehr, als sie Rentnerhektik entwickelt hatte und von einem zum anderen Kulturereignis gehetzt war. Nein, sie hatten es beide nicht wahrhaben wollen. Sie waren raus aus dem Laden, aus dem Leben, *out of order.* Der Schrank war voll von dem ganzen Teenagerkram, den sie in den ersten Wochen gekauft hatten. Bunte Sweatshirts, enge Jeans, Seidenhemden und Reebok-Schuhe.

Inzwischen hatten sie ihren eigenen Stil gefunden oder wiedergefunden. Georg mußte keine Anzüge und keine Krawatten mehr anziehen und sie keine Röcke oder Kostüme. Bequeme Slacks, Hemden, Pullis. Die Reeboks kamen aus dem Schrank und auch ein paar der Sweatshirts. Nora hätte gern mit Tennis weitergemacht, wo sie vor fast vier Jahrzehnten aufgehört hatte, aber sie traute sich nicht. Georg war früher ein guter Segler gewesen, hatte Regatten gewonnen, sah im Fernsehen immer die Kieler Woche voller Wehmut an. Nora war der Meinung, daß man das alles immer noch machen konnte. Noch lange. Noch ewig lange.

Aber solange sie in München wohnten, waren sie sowohl von der Lage als auch vom Klima her benachteiligt. Vor allem in Anbetracht der Tatsache, daß sie jetzt einerseits über sehr viel Zeit verfügten, andererseits nur noch wenig übrig hatten.

«He, sag mal, was würdest du davon halten, irgendwo anders hinzugehen?»

Er reagierte nicht. Hatte seinen CD-Katalog in der Hand und zog sich die Lederjacke über. Ein angefleddertes Ding aus ihren frühen Jahren, das für damalige Verhältnisse sündhaft teuer gewesen war und von dem er sich auch nicht unter Drohungen trennen wollte. Sie hatte ihre Bundfaltenjeans und den pinkrosa Parka an. Sie liebte Pink. Vergaß nie die Sprüche aus ihrer Kindheit. Rot und Blau, Kasperl sei Frau. Und Rosa, das waren Bauernmädchen und Friseusen. Ohrringe waren das ALLERschlimmste. Ihre Mutter drehte durch, als sie sich ein Loch ins Ohr machen lassen wollte. Niemals. Und Gerda hatte ihr bis heute nicht verziehen, daß sie ihr Löcher in die Ohren hatte machen lassen. Sie fand das ordinär!

«Georg. Sag doch mal was!»

«Schau dir das bloß mal an, was die an Sonderangeboten haben! Herbie Hancock! Nur 18,90!»

«ELVIS gibt's schon für 6,80.»

»Nehmen wir auch. *Love me tender...*» Er war nicht ansprechbar. Nicht jetzt. Aber sie hatte es schon ein paarmal versucht. Südfrankreich, Provence, Italien, Toscana, irgendwo im Süden. Nicht zu weit weg, in Europa, in Reich- und Riechweite. Aber doch im Süden.

Gerda. Ihrer beider Tochter. Oder auch Benjamin. Ihrer beider Enkelsohn. Wohnhaft in Mannheim. Sie hatten sie besucht im letzten Jahr. Zwangsweise sozusagen. Ihr seid doch jetzt Pensionisten. Gerda sagte nicht so was Billiges wie «auf Rente», ein Ausdruck, den Nora und Georg liebten. «Wir jehn jezz uff Rente.» Nun ja, Gerda sah das anders. Sie wollte sie zu sich nach Mannheim holen. Sah sie vermutlich schon als senile Oberstubenbewohner ihres kleinen Stadtrandhäuschens. Pflegefälle. Und doch auch wieder nett für Benjamin. Oder was immer die womöglich noch nachzusetzen planten. Nein, haaalt, Nora war ungerecht, und sie wußte das auch.

Gerda war eine ganz reizende Tochter. Keine Frage. Ein wenig farblos und ziemlich angepaßt, aber das hatten vermutlich ihre Eltern zu verantworten. Nie Zeit und keine Wärme. – So was mußte das gewesen sein. Und dann Robert. NEIN! Nichts gegen Robert. Ein wirklich netter und liebenswerter Schwiegersohn. Kein Macho, keiner, der Frauen schlug oder mißhandelte. Eher einer, der sie gar nicht wahrnahm. Nein. Nein. Nein. Robert war sehr großzügig. Er hatte ihnen sofort nach dem Renten-Date seinen Dachboden angeboten. Sein Haus, sozusagen. O Gott! Und NATÜRLICH liebte sie Benni-Benjamin. Diesen süßen Knubbel von Enkel. Und es machte auch nichts, daß er aussah wie sein Vater. Sah ja nicht übel aus. Der Vater. Groß, schlank, Augen, Nase, alles da. Haare weniger. Humor, wie spricht man das aus? Und so war auch der Kleine. Brav und lieb und jeder Oma Liebling. Nur nicht seiner. Ein Baby, das stundenlang einfach nur rumlag oder rumsaß oder was auch immer passiv und lieb tat. War. Nein, *sorry*, sie konnte keine Beziehung zu diesem Kind herstellen. Das war ihre Schuld. *Claro*, wie bei Gerda. Alles verpatzt. Alles. Oder vielleicht waren es doch alles nur die Gene. Nora schenkte sich nach und tunkte den letzten Shrimp in die Mayonnaise.

«Los, los, Norchen, komm, altes Haus!» Georg nahm ihr das Glas weg und trank es selber aus. «Es gibt viel zu tun. Gucken wir's an.» Er lachte über sein Witzchen und drängte sie zur Tür. Sie steckte das Scheckheft in die Tasche. War reichlich teuer das Leben, wenn man den ganzen Tag Zeit zum Einkaufen hatte.

Die Platten waren zuerst dran, es war fast Mittag, und der Laden war schon jetzt brechend voll. Georg suchte die markierten CDs zusammen und entdeckte noch eine ganze Reihe andere, geriet in den reinsten Kaufrausch. Nora blätterte in dem irren Fotoband *Der Heimatplanet*, die Aufnahmen und Eindrücke der verschiedenen Astronauten aus allen Kontinenten. Wie klein und verletzlich diese Kugel ist, auf der wir alle leben. Sie legte das Buch weg. Zu teuer. Der Gedanke an Gerda hatte sie deprimiert. Sie hatte selber nie eine richtige Jugend gehabt. BDM, Arbeitsdienst, Trümmerjahre, der Vater in Gefangenschaft, die Mutter mühsam nähend und putzend, hamsternd und organisierend, damit wenigstens die

Brüder auf die Schule gehen konnten. Und jetzt plötzlich war sie selber 64. Sie hatte sich zu wenig bewegt in ihrem Leben. Wenn sie jetzt zurückschaute, dann war's nur ein Furz. Sie nahm sich einen der eingeschweißten Fotobände und legte ihn zu Georgs CDs auf die Theke. Außerdem ein paar eigene Gartenzwerge wie Bing Crosby jazzin', Pat Boone, Mel Thormé und Frankie-Boy. Ging ihr gleich besser. Sie hielt die Scheckkarte lässig zwischen zwei Fingern und unterschrieb. Die Summe war dreistellig.

Sie schleppten ihre Einkäufe heim, um dann gleich wieder loszuziehen. Fleisch, Wein, Baguette und noch so ein paar kleine Schweinereien, weil sie schon beim Geldausgeben waren. Das Leben lag vor ihnen. Sie hatten zusammen über sechs Tausender im Monat, zwei Lebensversicherungen und einen Bausparvertrag, der sich so im Lauf der Jahre aufgehäufelt hatte. Dazu allerlei Papiere und Sparkonten, etwas Schmuck, ein paar Bilder und Antiquitäten. Das war alles in allem sehr beruhigend, wenn man's mal so zusammenrechnete. Sie packte zwei Dosen Krebsfleisch in den Korb, eine *fiésta* war schließlich eine *fiésta*. Spanien, das wär auch noch so ein Land im Süden. Irgendwo anders, irgendwas Neues, andere Sprache, neue Menschen, völlig neue Herausforderungen.

«Wir könnten auch eine Weltreise machen», sagte Georg plötzlich, als sie längst wieder daheim in ihrer Küche waren und gemeinsam das Essen vorbereiteten. Nora schnippelte, würzte, brutzelte, Georg putzte und sorgte für Unterhaltung. Wein, Musik und eine Frage wie eben. Als hätte er direkt in ihre Gedanken reingelesen.

«Ich weiß nicht, findest du das nicht langweilig, immer nur der Zuschauer zu sein? Immer auf Achse. Ich würde lieber was selber tun, anfangen, ausprobieren.»

«Mittendrin sein. Freunde haben. Bücher, Musik und eigene Küche. Wollte nur auch mal was beitragen.»

«Nicht das wegschmeißen! Das sind doch feinste Fleischstückchen für Emil!» Nora rührte den Topf um. Er war zu klein. Natürlich kamen wieder mehr Leute als gerechnet. Georg trug den Müll runter und nahm die Ration für Emil mit. Der hatte seinen geheimen Futterplatz auf dem kleinen Vordach über den Mülleimern.

Die Hunde kamen da nicht hin, und die geschniegelte Persertussi durfte nur an der Leine in den Hof. In einem Haus auf dem Land wohnen, wo die Katzen im Fenster lagen und schnurrten. Weil dauernd die Sonne schien. Surfen, das war auch so was, was sie nie gemacht hatte. Aber Nora hatte nicht vor zu übertreiben, alte Knochen muß man schonen. Sie kicherte und goß sich von dem Rotwein nach. Nur so. In ein Land der Sonne und des Rotweins ziehen. Ach ja!

4

Ausgerechnet Pedro. Der eigentlich Peter Nischke hieß und auch erst seit knapp einem Jahr hier rumhing. Aber Spanisch sprach und ganz dick mit den Fischern an der Bar tat. War schon Pedro geworden und trug immer Schwarz inklusive Andalusierhut, was seinem Ausländerstatus einen Hauch von Salsa verlieh. Fred nannte ihn nur den Schleimi. Anja erkannte die immense Anpassungsleistung, die er geschafft hatte. Er kam ja nicht nur aus Alemania, er kam aus Sachsen. Und sicher hatte ihm sein Cuba-Spanisch geholfen, aber er hatte es mit seinem Sächsisch auch bei den Residents geschafft. Ohne einen Hauch von Englisch und ohne jeden Brocken Französisch.

Anja mochte ihn. Er kam ihr vor wie einer dieser Provinzgockel aus ihrer Kindheit. Alles war so überdeutlich. Er schmachtete alle Weiber an, ohne Ansehen, Alter und Gewicht, stand aber in Wirklichkeit nur und ausschließlich auf Knaben. Und alle waren sie exotisch für ihn, aufregend und neu. Selbst der Bäckerjunge aus San Antonio. Pedro hatte das geschafft, was man nur vor zwanzig Jahren so einfach tun konnte. Er kreuzte auf allen Parties auf. Man fragte nicht nach seinem Einkommen oder seinem Woher und Wohin, man fand sein Outfit rührend und sein Sächsisch *charming*. Er war «unser» Ossi. Ihm konnte man all das anbieten, was man den anderen nicht gönnte. Und man konnte ihm alles zeigen. Für ihn war alles neu. Er bewunderte alles, er war ein gläubiges Kind. So etwas wie der Hofnarr in früheren Zeiten. Und so erfuhr er auch mehr und schneller alles und jedes und trug es weiter, da die Spielregeln dieser Gesellschaft nicht für ihn galten.

«Hier habt ihr euch also versteckt! Alle suchen euch! Heute abend große Party bei Chico und Annegret!» Er wollte sich wichtig machen. Hatte keine Ahnung, daß Annegret früher mal was mit Fred gehabt hatte, daß Chico (eigentlich François) das nicht sehr komisch fand, vor allem da er nie bei Anja hatte landen können, was er öfter und dummerweise öffentlich versucht hatte.

Pedro merkte, daß er nicht ankam. Sensibel war er schon. Fred und Anja saßen in einer der Kneipen, die womöglich vor 30 Jahren in gewesen waren, als es noch die einzigen waren, jetzt aber zu reinen Touristenfallen verkommen. Er konnte natürlich nicht einfach so gehen – geschlagen. Zog sich einen Stuhl vom Nachbartisch heran, obwohl an ihrem noch zwei frei waren, setzte sich rittlings und lächelte scheu. «Ich darf doch. Oder stör ich?»

Was kann man darauf schon sagen. Ohne brutal zu werden. Sie grinsten ihn verkniffen an. Pedro bestellte eine Runde. Wo immer er sein Geld herhatte, er ging locker damit um. Nein, Blödsinn, er schickte den Kellner wieder weg, als er merkte, daß die Einladung angenommen wurde, ließ ihn eine ganze Flasche Weißwein bringen. Im Eiskühler. Pedro war ein Weltmann. Schenkte selber ein. Und ließ dann so nebenbei die letzten Neuigkeiten fallen. Ein Autounfall mit einem Toten. Die ganze Straße noch voller Blut. Einen Dealer hatten sie festgemacht. Zwei Kilo was auch immer. Gestern hatte er noch hier gesessen. Und Lola und Bert hatten sich getrennt. Jetzt endgültig. Lola war mit diesem Baßgitarristen davon, und Bert saß jetzt da mit den Schulden. Gelangweilte Höflichkeit und gähnendes Ach?! Pedro gab nicht auf. «Und dann gab's ein Feuer! Gleich hinter San José, und eine Yacht ist weg. So tüdelige Deutsche, entweder sind sie über die Grenze oder übern Jordan.» Pedro lachte. Dann sah er wichtigere Leute im übernächsten Café und wieselte davon, ohne den Wein auszutrinken. Oder zu bezahlen.

Fred und Anja sahen sich an. Lächelten. Standen auf, ohne etwas zu sagen, legten Geld auf den Tisch und gingen. Frei. Sie waren frei. Wenn selbst Pedro nicht mehr gehört hatte, dann WAR da nicht mehr. Fred grinste.

«Wo war die Party noch mal?»

«Chico und Annegret.»

«Genau. Oben auf dem Berg. Ich finde, wir sollten uns etwas für ein Geschenk einfallen lassen.»

«Ein Kistchen Arsenpralinen?»

«Oder ein Fläschchen Nitroglyzerin?»

Sie lachten. Kreischten hysterisch ihre Erleichterung hinaus. Nichts war los, keiner hatte die Leichen gefunden, noch nicht, und jede Stunde war wertvoll. Keiner suchte, keiner vermutete, keiner spekulierte. Was immer Fred an dem Boot gefummelt hatte, inzwischen war es längst gegen einen Felsen geschrammt und hatte die Spuren verwischt.

Friede ihrer Asche.

«*Yes,* laß uns da hingehen und die aufmischen! Das bringt Spaß!»

«Nein ehrlich, so ein bißchen Arsen im Wein?» Er verschluckte sich fast vor Lachen. Anja mußte mitlachen, obwohl sie die Angst immer noch spürte. Okay, Pedro hatte da immer die neuesten News, aber er war doch nun mal nichts anderes als ein armes kleines Meldegesicht. Pedro, die Pfeife. Aber die *happy few,* die *yachtpeople,* diese gelackten Weißshorts und Picasso-T-Shirts, sie würden ihm nicht mal die Uhrzeit sagen.

Höchstens das Personal. Die Domestiken. Die Matrosen, Stewards, Kajütenhasen, Hafengroupies und die Abgewiesenen. Selbe Liste wieder von vorn. Da kam immer was rum, da blieb kein Fleck auf dem Kojenlaken geheim.

«Anja, hör auf zu grübeln. Da ist nichts! Ich schwör's dir!» Fred hatte genug intus, um überzeugend zu wirken. In dem Zustand hätte sie ihn als Fernsehpfarrer vermieten können. «Wenn sie jetzt nichts gefunden haben, dann gibt es auch nichts. Nichts, was man nachweisen könnte. Versteh doch. Bitte.» Kurze Umarmung. Sehr kurz. Im nächsten Café saß eine von diesen Hennablondinen. Achtzehn vielleicht und magersüchtig. Riesige Hungeraugen. Anja merkte an seiner Umarmung, daß er was anderes im Auge hatte. Niemand sollte sie für ein Paar halten. Fred lächelte dümmlich über ihre Schulter hinweg. Tätschelte mechanisch. Sie nahm seine Hand. Küßte den Handrücken. Tralala, das verblüffte selbst ihn.

«Nimm sie doch mit», schlug sie vor. «Lad sie ein. Sicher gibt's reichlich *champagne* und *seafood.* Und sie braucht *food.* Dringend, oder?» Fred schrumpfte ein. Sie hatte übertrieben. So einen kleinen Zahnstocher hätte sie ihm doch wirklich gönnen können. Aber meine Güte, sie war ja auch nur aus Mensch!

«*Sorry.*»

«Schon okay. Was nun?»

«Weitermachen?»

«Warum nicht?»

«Psychostreß.»

«Richtig. Aber auf der anderen Seite unser Bankkonto. So wie wir leben, brauchen wir dringend neue Mäuse. Und überhaupt.»

«Okay. Für mich okay. Das heißt also, eine neue Anzeige, Action, Unruhe. Noch bevor sich der alte Scheiß gesetzt hat. Ist das für dich wirklich alles klar?!»

«Da müssen wir durch, Anjamaus, das muß sein!»

Alles klar. Es würde weitergehen wie vorher auch immer. Sie würden sich daheim rausputzen und auf die Party gehen. Und es würde alles wieder von vorne anfangen.

Sie wechselte das Thema. «Und was ziehen wir an?»

«Du das Glitzerrote mit nackten Füßen und ich Burnus und Büßerhemd.»

«Haha!»

«Okay, dann du im transparenten Mini und ich im...»

«Lendenschurz», ergänzte sie. Das würde ihm gefallen. Nackt unter Millionen. Zu all seiner Schönheit gezwungen. Er schwieg. Hatte sie durchschaut, fühlte sich nicht ernst genommen, war sauer. «Okay, okay», sie war bereit nachzugeben. «Wir machen beides. Wir gehen zu der Party und mischen dort auf. Und außerdem geben wir eine neue Anzeige auf. Genehmigt???!»

Er antwortete nicht. Sah sie nur so an, daß wieder mal sie die letzte Entscheidung getroffen hatte. Endlich hob er die Schultern und stand auf. «Okay», es war immer noch das einfachste. Zu tun, was sie vorschlug. Das Hennahühnchen sah sowieso nach Dope aus. Und seine deutschen Qualitätspariser gingen zu Ende. Die spanischen mochten Schwangerschaften verhüten, gegen Aids traute er ihnen nicht. Er legte den Arm um Anjas Schultern. «Zieh das schwarze Spitzenmini an», flüsterte er ihr ins Ohr, «dann reißt sich der alte Mario vor Wonne sofort den Bypass raus!»

5

Georg war nicht mehr ansprechbar. Die ganze Wohnung dröhnte von Cannonball Adderly, Miles Davis und Hank Jones. Es war, als würden sie die Musik neu entdecken. Nahmen sie durch die Poren auf, wie damals in den fünfziger Jahren, als sie in Schwabing gespielt hatten, Stan Getz, Dizzie Gillespie und viele mehr. Als Georg und sie immer Hunger hatten und sich über viele Nachtstunden eine Flasche Bier teilten. Als die Luft vor Zigarettenrauch zu stehen schien.

Nora swingte um den Tisch herum. Drei Tische, um's genau zu nehmen, aneinandergereiht, mit einem rotgefärbten Laken bedeckt und blauen Servietten und französischem Hähnchengeschirr, Bistrobesteck und Ikeagläsern. Helmut hatte schon eine halbe Flasche Weißwein weggeputzt, bis er endlich die Bedienungsanleitung soweit entziffert hatte, daß er das Ding aufbauen konnte. Es war so rührend klein, daß sogar noch Platz im Regal übrigblieb. Für die alte Stereoanlage hatten sich schon Anwärter gemeldet. Susa und Haki, frühere Schüler. Natürlich kamen die auch. Es läutete. Martin, ein Kollege aus der Versicherung. Unerwartet, aber immer für Psychoprobleme gut.

«Nora! Stör ich? Ich stör natürlich! Aber ich MUSSTE mit

einem Menschen reden...» Er drängte sich an ihr vorbei, hinter ihm tauchte schüchtern die magersüchtige Trudi auf. Total *overdressed* in schrillen Leggins und bauchfreiem Top. Solariumgebräunt. Silberne Fingernägel. Violette Lidschatten.

«Wer war der Typ eben? Sah aus wie ein Versicherungsvertreter!» Genau das war er. Nora umarmte Trudi und brachte sie zu Georg und Helmut. Wenn schon, dann würde sie Ulla mit Martin verkuppeln, aber der stürzte sich schon auf Trudi, und wieder läutete es. Das Monster. Früherer Studienkollege und Freund von Georg. Ein Riese mit fettigem Haar, schmuddeligen Hemden, verbeulten Hosen und dröhnendem Charme. Erfolgloser Schriftsteller, Nebendarsteller in den Filmen seiner Freunde, Historiker, Musikkenner. Nora liebte Monster. Vor vielen Jahren hatten sie mal eine kleine verschwitzte Affäre gehabt, Georg hatte nie davon erfahren, und sie waren trotzdem noch Freunde. Monster umarmte sie und roch nach Diesel. Er würde sich als Puffer zwischen Trudi und Martin schieben. Dann kamen Peter und Susanne, die Kaisers (die keiner anders nannte, weil sie immer wie ein siamesisches Ehepaar auftraten), Nik, Gustl und Elfi, die noch jemand mitbrachten, dessen Namen sie im Lärm nicht verstand.

Nora legte drei neue Gedecke auf und bastelte mit Niks Hilfe einen Doppelstuhl aus dem Büchertreppchen. Georg hatte nach den swingenden Anfängen jetzt Chet Baker aufgelegt, friedlich und *smooth*. Nora hatte schon einen sitzen, fühlte sich aber *happy*. Alles war vorbereitet, die Freunde würden den Großteil der Arbeit übernehmen. Sie fühlte sich rundum wohl. Wie in einem warmen Bett.

Oder einem ausgelatschten Schuh?

Hatte mal einer ihrer Lover zu ihr gesagt. Damals in der Flower-Power-Hippiezeit. Bei dir fühl ich mich wie in einem bequemen Schuh. Gott, und der Arsch hatte das auch noch als Kompliment gemeint. Begriff nicht, wieso sie ihn mitten in der Nacht vor die Tür setzte. In seiner eigenen Wohnung. Im Winter. Nora kicherte in sich hinein und sah sich am langen Tisch um. Alle aßen, schmatzten, tranken, quatschten, lachten. Ulla mit Peter, da schau her, und Trudi mit Georg, der Ärmste. Die Schüsseln gingen rundum, neue Flaschen wurden geöffnet, zwischen den Tellern füllten sich die Aschenbecher der letzten Raucher.

Nora stellte sich vor, daß Gerda und Robert dabei wären. Es wäre wie früher, wenn plötzlich die Eltern in eine Party platzten. Dabei waren bis auf Helmut, Susanne, Ulla und Monster alle viel jünger. Nik und die anderen Kids sogar ganz entschieden jünger als Gerda und Robert. Vielleicht wurden ja manche Menschen wirklich schon alt geboren. Nora konnte sich nicht erinnern, daß Gerda je albern gewesen war, einen Streich ausgeheckt hatte, etwas Unerwartetes getan hatte. Bei Robert schon vollkommen unvorstellbar.

Spielverderber, alle beide. Und Benni-Benjamin würde auch so werden. Die Vorstellung, die alten Tage dort in Mannheim in der Dachstube zu beenden, war ein Alptraum. Nora griff nach einer Flasche, griff daneben und kippte sie um. Hahaha, macht ja nichts. Scheiße. Durfte nicht passieren. Sie sah zu, wie Georg und Monster Susanne halfen, die Rotweinflecken erst richtig in ihr C&A-Kleid reinzureiben.

Waren das Freunde? Nora fand eine andere Flasche und schenkte sich nach. «Wie definierst du Freund?» fragte sie Monster. Monster sah sie an. Gut, Monster war wirklich ein Freund.

«Mit einem Freund kann ich über alles reden!» quäkte Susa. Ausgerechnet. Ihr Freund Haki wurde deutlicher:

«Für einen Freund gibt man sein Leben!» Haki war Türke, das erklärte natürlich manches. Es kamen noch andere Vorschläge. Nora merkte, daß Georg sie ansah. Er verstand. Verrückt, wie das manchmal funktionierte zwischen ihnen. Sie trafen sich mit dem schmutzigen Geschirr in der Küche. Er packte die Geschirrspülmaschine voll, sie drapierte die Käseplatte und Obstschale. Neues Brot, Kräcker, ein Blech mit Brownies, Eis für die Kids.

«Hab ich mir auch überlegt», sagte er plötzlich, «wer von denen wäre da, wenn's uns wirklich dreckig ginge.»

«Kaisers. Sie würden das richtig genießen.»

«Und Ulla. Sie würde sofort alle Sozialstellen anrufen. Essen auf Rädern, Altenheime, Graue Panther.»

«Monster.»

«Ja, Monster. Er wäre zutiefst getroffen. Würde sich vollaufen lassen und jedem Barkeeper unser tragisches Schicksal berichten.»

Georg spielte noch weitere Reaktionsvarianten ihrer Freunde durch. Nora dachte an ihre Eltern. Der Vater war mühsam und qualvoll an Krebs verreckt, die Mutter hatte ihn daheim gepflegt. Hatte sich dabei ruiniert und war dann selber einsam in einem Krankenhaus gestorben. Nora empfand kein Schuldgefühl. Es war die Situation gewesen. Sie mit Georg, Gerda und Job in München, die Mutter in Köln. Aber dann stellte sie sich vor, wie es wäre, wenn Georg hinsiechte oder sie. Sie wollte nicht von pflichtbewußten Töchtern abhängig sein. Und Freunde?

«Frag mal umgekehrt», sagte sie leise, «für wen würden wir denn die Scheiße ausleeren?»

Georg hörte auf, Gläser für den Champagner zu polieren. Sah sie an. «Gute Frage. Monster? Ulla?»

«Immer wieder die Alten. Wer weiß, was mal aus den Kids wird. Aber ernsthaft würden wir lieber weglaufen, oder?»

«Was du damit sagen willst, mein Norchen», er kam zu ihr herüber und blies ihr ins Ohr, «ist doch, daß wir mit unserer Kohle vorsichtig sein müssen, damit wir uns dermaleinst eine bezahlte Pißwannenleererin leisten können...» Das Wort erheiterte ihn dermaßen, daß er sich auf einen Küchenstuhl setzen mußte, um seinen Lachanfall auszutoben. Sie klopfte ihm auf den Rücken, irgend jemand tauchte in der Tür auf, mißverstand die Szene und zog sich mit einem diskreten *«Oh, sorry!»* zurück.

Nora mischte sich wieder unters Volk. Das war kein Tag, um Probleme zu lösen. Sie tanzte mit Nik und küßte sich mit Monster. Sie trugen Helmut ins Schlafzimmer und riefen ein Taxi für Martin. Kaisers verabschiedeten sich auf französisch, und Susanne schleppte Peter von Ulla weg, Nik sprang ein, es wurde richtig gemütlich. Sie schmissen ein paar der Stühle und zwei Tische raus und rutschten auf Kissen zusammen. Nora registrierte, daß die Kids (so nannte sie jeden unter fünfzig) alle Möbel auf den Balkon packten, um auf dem Teppichboden Platz zum Tanzen zu schaffen. Georg drehte seine neue Maschine auf. Es klang, als würden die alten Jazzer hier mitten im Wohnzimmer jazzen. Sie tanzten und swingten wie in alten Tagen. Dädädärämmdädämm! Die Kids wie die Alten, es war eine Superstimmung, nur Susa wollte mit Haki schmusen, aber der hopste wie ein Derwisch. Gott-o-Gott, Nora fand sich mit diesem Typen auf dem Sofa, dessen Namen sie am Anfang nicht verstanden hatte. Sie KÜSSTEN sich! Er war keine dreißig, und sie kannte nicht mal seinen Namen. Gott-o-Gott. Und auch noch so unbeholfen. Schlabberte da mit seinem schütteren Ökobart an ihr rum. «Ist ja gut», sie rappelte sich auf und schaute nach den anderen, keiner schien Notiz zu nehmen, Georg war nicht zu sehen. Aber die Musik lief. Und Georg würde keinen an seine neue Anlage lassen. Wenn sie nur wüßte, wie der Knabe hieß! Sie sah zu ihm zurück. Er pennte bereits. Der Balkon, das Schlafzimmer, die Küche, alle Freiräume waren besetzt. Nora schloß sich im Bad ein, setzte sich auf den Wannenrand und sah in ihr verwüstetes Spiegelgegenüber.

«Und das war's dann? Du blöde Kuh!»

6

Tina Turner röhrte aus allen Boxen. *Typical male*. Fred hämmerte den Rhythmus auf den Lenker und jaulte den Text mit. Der Rover sprang wie ein wild gewordenes Känguruh über die miserable Straße. Ein Taxifahrer hupte im Vorbeifahren und ließ die Hand auf der Hupe, bis er sich im Rückspiegel aufgelöst hatte. An Nebenstraßen stolperten Ziegen mit zusammengebundenen Beinen hilflos in die steinigen Felder, stießen sich die Nasen wund. Anja versuchte, sich und ihre beweglichen Körperteile einigermaßen festzuhalten, kreischte in den Kurven, hatte es längst aufgegeben, Kontakt zu Fred herzustellen.

Es ging weiter. Er hatte sich gefangen, die Lähmung von Angst und Panik überwunden. Weiter, nur noch ein paar Jahre weiter, dann hatten sie es geschafft. Dann lag das alles hinter ihnen. Mexiko, das war das Land, von dem Fred träumte. Schien was für Männer zu sein. Anja wollte eigentlich nicht aus Europa weg. Und wenn sie es nur ein bißchen schlau anstellten, dann mußten sie auch nicht weg.

Die verrottete Teerstraße mündete in eine Kreuzung und wurde zum Schotterweg. Eng von grob zusammengefügten Natursteinmauern umklammert, steil bergauf. Das war immer der Punkt, an dem Fred voller Wonne auf Vierradantrieb umschaltete. Das war das Stück, an dem man einen Rover brauchte. Anja hatte schon uralte Seats, Minis und 2 CVs da hochfahren sehen. Problemlos. Sie schwieg. Erleichtert über den erzwungenen Tempoverlust. Und dann dieser Augenblick. Wenn die staubige Straße die höchste Krümmung erreichte, wenn die Autoschnauze sich über die Kuppe schob, und dann der Blick da runter. Das absolute WOW! Silberngrüne Olivenhaine, goldene Weizenfelder, erdrote Mauern, das dunklere Grün der Pinienwälder und diese Bucht. Sanft auslaufende Felsen, Sandstrand und das türkis-violette Meer, bis in die Unendlichkeit in der Morgensonne funkelnd. Nachmittags war es tief tintenblau, bei Sturm oder Regen flaschenglasgrün. Früher hatten sie hier Wein aus solchen Gläsern getrunken. Weiße Luftblasen wie winzige Schaumkronen. Ein paar heimkehrende Fischer und die ersten Segelboote. Surfer und Motorboote gab es hier kaum, es war die pure Idylle. Der Inseltraum aus dem ewigen Ferienkatalog.

Das kleine Apartmenthaus und die sieben maurischen Bungalows schmiegten sich immer noch ziemlich unauffällig in die Felsen, unter die Pinien. Anja wünschte sich manchmal, alles noch einmal von vorne machen zu können. Gutes Material verwenden, großzügig planen, die Natur nicht so versauen. Von hier aus sah man nur grüne Pinien, weiße Häuser und blaues Meer. Alles perfekt. Bartolo wollte immer marokkogelb streichen. Hielt länger, sah nach dem jährlichen Wüstensturm nicht so gemein aus. Aber Anja wußte, was Deutsche wollten. Das weiße Haus am blauen Meer. Bartolo wurde allmählich zu einem Problem. Sie mußten unbedingt Bargeld auftreiben, um ihm wenigstens einen Teil seines Lohnes auszuzahlen.

Fred bog in die breite Einfahrt zur Siedlung ein. Siedlung. Fred haßte das Wort. Umschrieb es immer wieder, benutzte es dann doch.

Anja versuchte, das Ganze mit dem Blick eines Newcomers zu sehen, konnte nichts aussetzen. Die maurischen Bögen und Winkel machten selbst das Apartmenthaus zu einer freundlich-originellen Herberge, jedes Apartment hatte (von wo auch immer) einen Blick aufs Meer, die Terrassen waren schattig, die Bungalows lagen so gegeneinander versetzt, daß jeder Bewohner äußerste Privatsphäre bekam. Sie waren im Inselstil eingerichtet, aber mit kleinen Attributen für Deutsche. Gemütlich. Geschmackvoll. Oh, Scheiße, sie dachte schon wie ihr eigener Werbeprospekt. Der ganze Mist war billig und schlecht.

«Jetzt kommt er gleich rausgeschossen», murmelte Fred, als er den Rover unter dem gigantischen Eukalyptus parkte. War's da gewesen? Dieser Eukalyptus. Den angeblich ihre Eltern gepflanzt hatten, als sie hier als Hippies gezeltet beziehungsweise geschlafsackt hatten. Verdammt schwer vorstellbar.

«Er will Geld. Wieviel haben wir dabei?»

«Keine zehntausend», sie blieben im Auto sitzen, der Motor knackte beim Abkühlen. Niemand kam. Weder Bartolo noch Iris. «Ich hab eine Idee.»

«Und?»

«Wir beteiligen ihn», Fred schaltete die Musik ab, um die Batterie zu schonen. «Der letzte Bungalow. Wir überschreiben ihm den letzten Bungalow.»

«Du meinst...»

«Dann sind wir alle Sorgen los und er uns verpflichtet bis ans Ende seiner Tage.»

«Du meinst die *Casa Muerta*? Das Tote Haus?»

Fred grinste. Anja sah hinaus in die gleißende Sonne, die sich auf den schneeweißen Wänden brach. Unbewegt.

«Aber zu dieser Bruchbude gibt's keine Papiere und wird es auch nicht geben. Weil sie im Naturschutzgebiet liegt.»

«Ja, eben. Und wunderschön. Ich meine, sehr malerisch.»

«Bartolo weiß das doch. Seit fünf Jahren versuchen wir jetzt, ein *permiso* zu bekommen. Da läuft nichts. Selbst die Vermietung ist nicht legal.»

«Aber, wenn's ihm gehören würde. Dann wär's was anderes.»

«Würde er glauben.»

«Würde er glauben. Es gehören 250 qm Land dazu. Bartolo hat noch nie etwas besessen.»

«Und er ist Spanier.»

«Katalane.»

«Schlauer als wir.»

«Viel, viel schlauer.»

«Wieviel?»

«Fünf Jahre, schätze ich mal. Höchstens, vermutlich sind wir schon in drei soweit.»

«So weit weg. Sagen wir sieben. Nach sieben Jahren gehört ihm die Bucht.»

«Zuwenig. Zehn Jahre, aber zusätzlich eine Art Monatsrente. Von irgendwas muß er ja leben.»

«Und den Zement für die heimliche Renovierung kaufen.»

«Alles klar?»

«Null *problemo*. Und Iris?»

«Lohnt keine Investition. Iris geht mit dem nächsten Kerl, in den sie sich verknallt. Pathologische Suche nach Familie. Übriggebliebene Hippiegöre der zweiten Generation.»

Anja stieg aus dem Auto, ging zu dem Apartmenthaus hinüber, die Treppe hinauf, die zu ihrem Büro führte. Büro. Lachhaft. Ein winziges Loch unter dem Dach, wer immer den ganzen Scheiß geplant hatte, hier hatte er eine Turmbar vorgesehen. Fenster und ewige Gluthitze. Gute alte Zeit. Sie stieß die Glastür auf.

Ein Schreibtisch, ein Aktenschrank, Telefon, Fax und Kopierer. Acht Stühle, eine Kaffeemaschine, eine Kühlbox und das Sofa für die nächtlichen Notfälle.

Bartolo war nicht da. Schon mal eine Erleichterung. Iris kam aus dem winzigen Waschraum, schwarze Ringe unter den Augen, eiternde Pickel um den Mund. «Hey», sie lächelte lieb.

«Heiße Diskonacht, wie?» fragte Fred von der Tür her. Iris ging gar nicht drauf ein. Anja setzte sich an den Tisch und machte sich über die Post und andere Unterlagen her. Rechnungen, Rechnungen und ein paar verlockende Angebote. Kaufen Sie bei uns und gewinnen Sie ein Auto. Oder kaufen Sie die Zeitung und schon haben Sie einen Atlas. Abonnieren Sie *Time / Life*, Sie bekommen einen Wecker. Man mußte aufpassen. Die Telefonrechnung sah auch aus wie eine Drucksache. Und wehe, man zahlte nicht sofort. Das Postfach, die Versicherung, die *gestoria*. Die Leute, die den Papierkram für dich erledigen. Die wollen sofort Kohle sehen.

«Wo ist Bartolo?» fragte sie. Iris zuzelte an einem Milchjoghurt und schaute nur trüb hoch.

«Weg.» Soviel war vorher schon klar. «Hat was von einem Segelboot gesagt.» Glotz. «Diese alten Leute. Waren doch Freunde von euch, oder?»

«Wer?» Fred. Und gleichzeitig Anja:

«Was ist mit denen?»

Iris reagierte nicht. Löffelte wäßrigrosa Milchzeugs in sich hinein und glotzte jahrhunderttrüb unter ihren verschlafenen Tränensäcken hervor. «Diese Rosa. Und ihr Pato. Sind weg.» Sie löffelte weiter. Rosa und Pato. Das hieß die Pinke und ihr Enterich. Donald Duck. Fast alle hatten hier Spitznamen.

«Was heißt das, sind weg??!!»

«Boot weg. Verschwunden. Die zwei auch.» Rosaweiße Brühe tropfte auf ein grau verblichenes T-Shirt.

«Wie verschwunden?»

Fred versuchte weitere Einzelheiten aus Iris rauszukriegen, während Anja die Papiere auf dem Tisch durchsah. Eine ganze Liste von Beschwerden. Sie würden zu den Leuten gehen müssen, sonst gab's bald massiv Ärger. Mit einem Ohr hörte sie zu Iris und Fred rüber. Bartolo war auf der Suche nach Rosa und Pato. Und ihrem Segelboot. Er war auf die andere Inselseite rübergefahren. Scheiße, Scheiße, Scheiße.

Anja versuchte, sich auf die Papiere zu konzentrieren. Sie hatten sechs Apartments im Haupthaus und sieben Bungalows. Dreizehn Einheiten insgesamt. Dazu die *Casa Muerta*. Neun davon endgültig verkauft, vier noch übrig. Es wurde immer mühsamer. Andererseits, am Anfang hatten die Erstkäufer die Nachkömmlinge noch gewarnt. Jetzt versuchten sie schon selber, neue ins Netz zu ziehen.

Schweiß tropfte auf die Blätter. Ein paar Anfragen, aber die konnte man vergessen. Zittrige alte Schriften. Fotokopien von Rentenbescheiden. Ärztliche Zeugnisse. Ekelerregend. Sie mußten neu anfangen. Ganz anderer Drive. Anja packte die Papiere ein. Iris glotzte über ihrem Joghurt hoch. Und Iris ersetzen. Eine richtige Krankenschwester. Gab's doch jetzt reihenweise aus dem Osten und so. Vielleicht bekamen sie sogar einen deutschen Arzt. Dann könnten sie vielleicht noch das Arsenal nebenan dazukaufen. Aufstocken. Den Supermarkt einrichten. Die ursprüngliche Idee Wirklichkeit werden lassen.

Anja stand auf. Gab Fred ein Zeichen, er folgte ihr hinaus. «Wir müssen ein paar Leute besuchen», sie zeigte ihm die Liste. Paul und Katja (Kaufmann), Gerd und Hanne (Brevor), Lutz und Gisela (Horn) und die alte Hennewein. Gundula.

«Da müssen wir durch», Fred nahm ihr den Zettel aus der Hand. «Ich nehm Hennewein und Paul. Okay?»

Damit hatte er zwei extrem harte Brocken übernommen. Sie gab ihm einen Kuß auf die Nase und wandte sich ab. Richtung Gerd & Hanne und Lutz & Gisela. Sie hatte Glück. Traf sie alle zusammen am Grillplätzchen. Oder auch Pech, es waren noch ein paar andere dabei, die sich bisher ja noch gar nicht beschwert hatten.

«Da kommt sie ja», sagten sie, anstatt: «Hallo, wie schön Sie zu sehen.» Damit war alles klar. Sie hatten gemotzt, geplant, gerüchelt. Anja setzte sich lächelnd dazu.

«Also, Leute, nun erzählt mal der Reihe nach. Okay?»

Anja hielt die Luft an. Wußte, daß jetzt geballte Gefahr kam. Lächelte stur vor sich hin. War ganz Charme und Stewardess und *Your Personal Friend*.

Es kam nur die übliche Leier. Die Wände zu dünn, das Wasser zu schmutzig, die Betten zu weich (hart), das Essen zu ölig, die Post zu langsam und alles zu öde. Oder so. Es ging stundenlang. Sie hörte nicht mehr hin.

«Und was ist mit Rosa und Pato passiert?» Gisela war das. Mit schriller Stimme.

«Ja, das würden wir wirklich gern wissen!» Hannes Stimme war kaum leiser. Gerd und Lutz keiften mit. Leiser, aber doch eindeutig. «Ja, genau, wo sind sie?»

«Aber Leute.» Anja stellte sich vor ihnen auf, lächelte mit allem aufbringbaren Charme. «Wie soll ich euch das sagen. Ich meine, zwei erwachsene Menschen haben doch wohl das Recht, mal allein zu sein, oder?»

Schweigen.

Das war's nämlich. Sie wollten versorgt sein und gleichzeitig frei wie Teenager. Sex bis hundert. Und jede Möglichkeit dieser Welt steht auch dir zu.

Anja gab noch ein paar vage Versprechungen. Die Wasserleitungen würden erneuert, die Lichtbirnen ausgetauscht, die stinkenden Gruben geleert, die leeren Wohnungen mit wirklich netten Leuten gefüllt.

Ja, und auch der Supermarkt würde bald eröffnet werden. Sie hatten nur auf ein Angebot von diesem besonders billigen Bieter gewartet. Alles Lügen, Lügen, Lügen. Aber die meisten glaubten es. Glaubten alles. Glaubten, weil sie es glauben wollten.

Anja wollte nicht mehr in diesem Mief stecken. Mittendrin. Sie wollte weg. Allein sein. Oder allein mit einem gereinigten Fred.

Nein, nein... sie liebte Fred. Bis ans Ende eurer Tage. «Anja», Gisela hatte sie am Arm gepackt. Grellorange Hühnerkrallen an den Enden dunkel gebräunter Finger. Lederhaut. Grillbraun, öliger Glanz und dieser leicht muffige Geruch von zuviel Sand und Sonne. Ranzig, gottverdammt, eindeutig ranzig. Gab es denn wirklich keine Alternative zum Alter? Außer dem Sprung von den Klippen in jungen Jahren? Anja machte sich vorsichtig frei, lächelte verbindlich, konnte nicht verhindern, in die Ecke der Terrasse abgedrängt zu werden.

«Ja, Gisela, was gibt's denn?»

«Die zwei. Rosa und Pato. Wir waren gestern abend zum Dinner verabredet. Lobster. Wir hatten einen Tisch in der *Tortuga* bestellt. Schon seit Tagen haben wir von nichts anderem geredet. Rosa hatte sich extra ein Kleid dafür machen lassen. Meine Güte, jetzt sag ich auch schon Rosa. Dabei hieß sie doch...»

«Gisela!» Anja unterbrach sie scharf, «was heißt ‹hieß›? Die beiden haben mir gesagt, daß sie mal auf die andere Seite der Insel rübersegeln wollten.»

«Rosa wäre zu dem Dinner gekommen», sagte Gisela düster. «Sie wäre sogar geschwommen.» Sie war klein, mager und in viel zuwenig indische Baumwolle gehüllt. Durch das grelle Make-up wirkte sie älter als sie vermutlich war. Ausgemergelt. Weder blöd noch senil.

«Vielleicht wollte er nicht», deutete Anja diplomatisch an, «die meisten Männer hassen Lobster.»

Sie hatte es getroffen. Gisela lachte auf. «Sie hassen den Preis!» Zusammen gingen sie zurück zu den anderen. Anja drückte Gisela kurz an sich, bekam die Finger voller Sonnenöl und schmierte sie an ihrem Kleid ab. Satin. Konnte sie nachher gleich wegschmeißen. Sie hatte es so satt, das alles. «Ja, natürlich. Ich ruf sofort an, wenn ich etwas höre. Nein, nein, ich bin sicher, daß ihr Boot im Hafen liegt. Das ist leicht festzustellen. Wie heißt es? *Sirena*? *Sirena Gorda*? Kein Name für ein seriöses Segelboot. Eher für einen Strandkiosk.» Herzliches Gelächter, sie waren bei den anderen angekommen. Wollte sich gerade erleichtert wieder abwenden.

«He! Warten Sie! Sind Sie das?! Sind Sie hier verantwortlich?» Eine blasse Brillenmutti mit Pausbacken und vor Aufregung verkrampften Fäusten stellte sich als Tochter der Kaufmanns heraus. Paul und Katja. Anja sah sich hastig um, aber Brillenbacke schien allein zu sein. Reisekostümchen und bequeme Laufschuhe. Gisela und die anderen zogen sich zurück. Dachten an ihre eigenen Kinder, Anja hätte gern einen Wodka-Tonic getrunken. Mit viel Eis.

«Kann ich Ihnen einen Tee anbieten?» flötete sie. Brillenbacke lehnte fauchend ab.

«Nein! Ich will erstens wissen, wo meine Eltern sind, und außerdem will ich Einblick in die Unterlagen. Kaufvertrag, Steuerbescheinigung, Grundbuch, etceterapepe!»

«Aber, ich bitte Sie, Frau Kaufmann», Anja war sich des Auditoriums im Hintergrund sehr wohl bewußt. «Sie erwarten doch nicht von mir, daß ich Ihnen vertrauliche Unterlagen zeige, wenn Ihre Eltern (kleine Pause) das nicht wünschen.»

«Wo sind sie dann? Ich habe telegrafiert, daß ich komme!»

«Ach? Und sie sind nicht da? Vielleicht Absicht? Vielleicht keine Lust auf Kontrolle?» Lachen im Hintergrund. Brillenbacke streckte sich angriffslustig.

«Wenn, dann will ich *Sie* kontrollieren! Die Verträge sind doch alle luschig! Das ist doch hier nie im Leben ein ordentlich geführtes Altersheim.»

«Da haben Sie vollkommen recht!» Anja hob die Stimme für die hinteren Ränge etwas an. «Wir sind hier kein Altersheim. Wir sind eine Gruppe von Freunden, die zusammenleben. Einige von uns sind etwas älter, einige haben ab und zu kleine Beschwerden. Doktor Carlos ist in ständiger Verbindung mit uns, er spricht fließend Deutsch. Notwagen, Hubschrauber, Klinik, es ist an alles gedacht. Nur nicht an (noch mal leicht rauf mit der Stimme) Überwachung, Schlüssel, Kontrolle oder irgendeine Art von Bespitzelung! Paul und Katharina sind im Moment nicht hier. Vielleicht kommen sie gleich, vielleicht auch sehr viel später.»

«Sie sind doch hier der Boß, oder?» Die Stimme klang schon kleiner. Anja konnte nachlassen.

«Ich bin nur Managerin in einem Konsortium. Ich kann Ihnen einen unserer Gästebungalows anbieten. Oder Iris ruft Ihnen ein Taxi. Wie Sie wünschen.»

Anja wandte sich ab und ließ Brillenbacke stehen. Sie wußte, daß sich die anderen um sie kümmern würden. Iris natürlich als allerletzte.

Scheiße. Wenn das Schule machte, dann hatten sie hier bald einen ganzen Pulk von Brillenbacken, Schwiegersöhnen, Rechtsanwälten und anderen Absahnern. Bartolo war nicht aufgetaucht. Schlechtes Zeichen. Sie nahm sich vor, eine Art Kulturprogramm zu entwerfen. Flamenco, Konzerte, Sprachkurse, Ausstellungen, Ausflüge, Feste. Sie mußten unbedingt mehr unternehmen, inszenieren, anregen, anbieten. Zeug, das sie dann in ihren langen Briefen an die Lieben daheim berichten und ausschmücken konnten. Außer der ewigen Sonne und dem Salz in der Leitung.

Fred fuhr auffällig langsam. Vergaß sogar, an der berüchtigten Stelle das zweite Getriebe zuzuschalten, nudelte einfach so runter, als hätten sie einen ganz normalen Corsa oder so. Anja ließ ihm Zeit. Sie konnte sich denken, um was es ging. Nichts Neues.

Als sie auf die Teerstraße kamen, klappte sie den Sonnenschutz runter. Sie war müde und hungrig. Hätte gern eine Siesta eingelegt. Wenn sie so aussah, wie sie sich fühlte, würde sich Mario sicher keinen Bypass rausreißen. Sie strich Fred über das knochige Knie, fingerte ein Stückchen unter das Hosenbein hoch. Fred grunzte unwillig. Sie zog sich zurück. «Wieviel?»

«Millionen. Bei Haus 2 ist das Dach hin, total hin, dann kommen die anderen auch bald. Zwei Küchenherde und das Leitungssystem. Das GANZE System ist aus Asbest, kannst du dir das vorstellen? Alle Rohre, Küche, Bad, ALLES, das haben die damals so gemacht!»

«Weiß doch keiner, oder?»

«Einige Rohre müssen ausgetauscht werden. Völlig vergammelt. Dann sieht das jeder, das fuselt richtig!»

«Wir denken uns was aus. Müssen wir sowieso. Ich hab schon einen Plan. Das Allerdringendste ist eine neue Anzeige.»

«Nein, nicht schon wieder!»

«Fred, wir haben fast die Hälfte leer stehen! Und wir brauchen Cash! Dringend!»

«Ich pack's nicht mehr», leise.

«Ganz cool», Anja strich ihm sanft über das verschwitzte Seidenhemd. Kein Griff in die Hose, keine Forderung. Sie schob Michael Jackson ein und drehte die Bässe auf. «Wir gehen in eine andere Gegend. München, dachte ich. Vollkommen neu und platzt vor Geld.»

Fred schwieg. Überholte einen schwarzstinkenden Bus, schnitt einen Mopedfahrer und verschonte ein Fahrrad. Es ärgerte ihn, daß er nicht drauf gekommen war. Immer noch im Raum Düsseldorf dachte. Aber er war fair, konnte man nicht anders sagen. Grinste sie an.

«Derselbe Text?»

«Warum nicht?»

«Oh, Mann, Anjamaus, dich möchte ich nicht zum Feind haben!» Er gab unvermittelt Gas und schoß an einem mit Surfbrettern und Schlauchboot beladenen Corsa so knapp vorbei, daß sie eine Wolke von Vichy's Sunlotion abbekamen. Faktor drei.

7

«Und?» Georg sah angespannt aus. Müde und so alt, wie er war. Nora ließ sich auf den anderen Küchenstuhl fallen.

«Na ja. Klang sympathisch. Offen. Nicht dumm. Mitte, Ende Dreißig, schätze ich mal.»

«Ehrlich?»

«Denk ich schon. Das oder eine sehr gute Betrügerin. Nein, klang wirklich gut.» Der Tee war kalt, sie trank ihn trotzdem, war zu faul, neuen zu brühen. Sah, daß ihre Hand zitterte. «Wir haben uns übers Essen unterhalten. Und übers Trinken. Feine Weine, leckere Tapas.»

«Hör bloß auf. Ich trinke nie wieder Wein!»

«Gott, jetzt werde ich wirklich alt. Wenn die Folgen von so einer blöden kleinen Party ganze Tage andauern... machst du noch einen Tee?»

«Hm», er schleppte sich an den Herd und stellte Wasser auf. «Namen? Preise? Einzelheiten?»

Nora schwieg. Spürte, daß Georg zögerte, nicht wollte, am Gewohnten festhielt. Sie wollte nur weg. Zwei Tage hatte es diesmal gedauert, die Wohnung wieder einigermaßen von dem Chaos zu befreien und zu putzen. Susa, Haki, Elfi und Nik hatten zwar Hilfe angeboten, waren dann aber doch in letzter Minute verhindert. Logisch. Und auch angenehmer. Allein rumzuputzen. Gott, war das alles schäbig. Abgenutzt in vielen Jahren, nie erneuert, aus Gewöhnung, Trägheit, Liebe. Ja, auch so eine Art Liebe zur eigenen Vergangenheit. Die meisten Stücke hatten eine Geschichte.

Diese spanischen Stühle (reinste Folter) hatten sie alle einzeln vom spanischen Laden in der Passage hergeschleppt. Der Tisch aus Olivenholz. Ein Vermögen für damals. Der Ohrensessel aus dem englischen Antiquitätenladen. Sah heute aus wie ein abgelutschter Teddybär. Ein Ohr wackelte. Dann eine Welle Ikea. Als Übergang. Nora hatte festgestellt, daß sie nur an ganz wenigen Sachen wirklich hing. Bücher, Platten, Bilder, ein paar kleine Möbelstücke. Ein, zwei Container voll.

«Tanja Gellert oder so ähnlich. Die Verbindung war nicht so gut. Sie schicken uns Fotos und Unterlagen. Sie hat uns eingeladen. Schnupperurlaub.»

«Das machen wir. Das ist doch ideal. Wir sehen uns das Ganze erst mal an.» Georg nahm die Kaffeebüchse aus dem Regal und setzte einen Filter in die Maschine. Es ging ihm besser. Er sah eine Möglichkeit, das Ganze abzublasen.

«Du willst kneifen!»

«Aber nein, Norchen! Wir fahren hin, schauen uns alles in Ruhe an. Und dann...»

«... sehen wir schon», beendete sie seinen Satz. So was sagten Mütter, wenn sie den Kindern nichts versprechen wollten. Jetzt schaun wir mal, und dann sehn wir schon. Bei seiner Mutter hatte Georg das gehaßt, jetzt redete er schon wie sie.

«Hör zu», sagte sie leise, «es ist eine Entscheidung. Und wir müssen sie treffen. Bleiben wir hier. Mit allen unseren Freunden, die noch voll im Job stehen oder damit gerade eben erst anfangen, spielen deren Mama & Papa & Mensa & Psychotherapeut & Sozialarbeiter & Wärmestube und putzen hinterher auf?»

«Siehst du das wirklich so?» fragte er entsetzt und goß sich Kaffee ein. Den Tee hatte er vergessen.

«Nein», gab sie zu. «Ich mag sie, es sind unsere Freunde, und ich finde es gut, daß sie zu uns kommen. Gern kommen, sich bei uns wohl fühlen. Aber wir. Wo bleiben wir bei der ganzen Sache?»

«Und so ein Scheiß soll die Antwort sein?» Jetzt wurde er auch lauter, der Kaffee machte ihn munter. Er kleckerte, als er die Zeitung mit der Anzeige unter den anderen hervorkramte und sie ihr hinschob. Das Neonpink der Umrahmung verblaßte schon.

GOLDENER LEBENSABEND
unter der ewigen Sonne Spaniens
Residenz am blauen Meer
liebevolle Betreuung

Danach kam noch eine Chiffreadresse und eine Telefonnummer in Spanien. Drei-Vier, Balearen. «Mallorca» hatte er sofort gekreischt. Auch daß es nicht Mallorca war, machte keinen Unterschied.

«Du willst überhaupt nicht weg. Du willst keine Veränderung!»

«Das hab ich nicht gesagt! Das unterstellst du mir! Ich bin nur gegen so eine übereilte Entscheidung!»

«Ach, wir haben doch alles x-mal durchgekaut. Die Provence. Da ist das Meer versaut. Und der Winter deprimierend. Die Toskana ist voll von Münchner Schickimickis und zu nah, Portugal ist zu weit weg, Griechenland und Türkei dito. Ich dachte, wir hätten uns auf Südspanien geeinigt. Wir waren dort, wir kennen das, ich glaube, wir kennen sogar die kleine Bucht, in der diese *Residencia* liegt. Erinnerst du dich noch? 69, glaub ich, war das. Ein paar von deinen Schülern. Und du mit langen Haaren. *Make love not war.*»

«Ja, und du gleich mit diesem Arsch aus Ohio in die Büsche!»

«Haha. Und du? Mit dieser Jennifer, die dir angeblich beibrachte, wie man Sitar spielt! Direkt aus Indien. *Very British!*»

«Ihr Vater war Argentinier.»

Nora platzte raus. Sie hatte die ganze Zeit versucht, ihr Lachen unter Kontrolle zu halten. Sah Georg, damals immerhin schon Mitte Vierzig, mit langen Haaren, Seidenhemd, Perlenketten und barfuß an der Sitar. Er war nicht schlecht. Er hätte Guru werden können. Damals, als jeder das konnte. Und sie mittendrin in all diesen niedlichen, friedlichen Boys, als wäre auch sie noch keine Vierzig. Schlank, braun gebrannt und halb nackt unter Pinien. Rotwein, Haschisch und LSD. Sechs Wochen reinstes Sommerglück. Freiheit pur.

«Und Gerda bei deinen Eltern. Die ganzen Ferien! Davon hat sie vermutlich noch heute einen Knacks.»

«Ich darf dich vielleicht daran erinnern, daß Gerda ausdrücklich gewünscht hat, nicht wieder mit uns Ferien machen zu müssen. Müssen!»

«Wenn du wenigstens ehrlich wärst.»

«Das war so! Frag sie selber!» Er schrie.

«Das meine ich doch nicht», Nora knallte die Hand auf den Tisch. Traf die Anzeige. «Das hier mein ich. Wenn du nicht weg willst von München, dann sag es. Klar und deutlich. Dann können wir darüber reden. Aber keine Ausflüchte. Bitte sehr kein ‹Dann schaun wir mal, und dann sehn wir schon!›»

«Du unterstellst mir also, daß ich lüge?»

«Na gut. Dann sag mir jetzt und definitiv und ehrlich: Willst du, daß wir hier aufhören, woanders neu anfangen. Ja oder nein.»

«Du unterstellst doch, wenn ich jetzt nein sage, dann bin ich alt und unbeweglich. Oder?»

«Wir könnten uns auch trennen. Jeder macht seins.»

«Was soll das denn?» Er schien wirklich fassungslos. «Erpressung?!» Nora mühte sich um ein ernstes Gesicht.

«Wenn du das so auffaßt, danke. Nein, ich wollte jetzt eine klare Antwort auf eine klare Frage.»

«Ich bin bereit, hier wegzugehen, wenn wir wissen, wohin.»

«Du weichst aus! Du gehst hier weg, wenn du was genauso Bekanntes, aber doch noch Schöneres geboten bekommst. Ich will wissen, ob du grundsätzlich bereit bist, hier die Zelte abzubrechen und sie irgendwo anders neu aufzuschlagen. Irgendwo!»

«Nein.»

«Aha. Du bleibst also hier.»

«Nein. Ich will nicht mein ganzes Zeug hier verscheuern, nur um dann in so ein Sonnenscheinheim einzuziehen.»

«Okay. Noch mal ganz langsam zum Mitschreiben. Du willst nicht in ein Altersheim ziehen. Klar. Ich auch nicht. Wenn's aber soweit ist, wollen wir auch nicht zu Gerda und Robert in die Mannheimer Dachstube. Hier fühlen wir uns (jedenfalls ich!) nicht mehr so richtig wohl, weil die jungen Leute alle was anderes am Laufen haben und die Gleichaltrigen uns langweilen. Wenn wir unseren Kram hier aber verkaufen würden, hätten wir in Spanien zum Beispiel reichlich.»

«Schon lange nicht mehr!» Aha. Der Lehrer wurde wach.

«Relativ gesehen. Wir sparen im Süden auf alle Fälle mal Klamotten. Und der *vino* ist billiger. Nein, nein, hier mußt du nicht einhaken. Darum geht's nicht. Mich hat die Anzeige angemacht. Geb ich ehrlich zu. Und ich kenne uns gut genug, um zu wissen, daß wir kneifen, wenn wir uns dazu einen Weg lassen. Dann sitzen wir noch mit achtzig hier und sagen, wir gehen in den Süden. Nein. Wir müssen die Brücken hinter uns abbrechen. Klarer Schnitt. Erst dann können wir neu anfangen.»

«*Residencia del Sol*!» höhnte er. «Die Altersresidenz Sonnenschein!»

«Ja, und hier? Willst du zur Caritas? Arbeiterwohlfahrt? Oder sollen das Gerda und ich übernehmen. Und nach dir die Sintflut?»

«Und dort? Da gibt's doch noch nicht mal einen Arzt!»

«Gibt's natürlich. Und, was ich eben vermute, es gibt Leute wie uns. Die auch nicht in ihrem angestammten Miesbach festkleben.»

«Ich bin nicht aus Miesbach!» Seine Stimme gab schon auf. Nora wurde auch sanfter.

«Ich meine ja auch nicht, daß wir da blind irgendwas kaufen. Natürlich nicht. Wir sehen uns das an. Bleiben da oder gehen woandershin. Mieten erst mal, ich denke, für ein Jahr. Sehen, wie sich's anfühlt. Gehen dann vielleicht lieber in die Stadt, ins Zentrum. Ich meine nur, wir müssen uns vorher entscheiden. Wir sind Touristen. Oder wir sind...»

«Auslandsdeutsche.»

Das Wort stand da erst mal so rum in der Küche. Klang fast wie Aussiedler.

«Die Steuern», sagte sie leise, «die würden wir sparen.» Er schwieg, machte aber ein deutlich zweifelndes Gesicht.

«Wir könnten die Wohnung für ein paar Monate oder ein Jahr möbliert untervermieten.» Er grunzte. Haßte die Vorstellung fremder Gerüche in seinem Bett, fettiger Finger in seinen Büchern und neugieriger Augen in seinen Papieren. Noras Stimme blieb sanft. «Wir könnten ein Zimmer bei Peter und Susanne mieten oder uns pro forma bei Gerda und Robert melden...»

«In Mannheim», spuckte er.

«Wäre ja nur als Briefkastenadresse. Um Inlandsdeutsche zu bleiben. Wenn wir diese Wohnung hier behalten, dann kostet uns das alles in allem über zwanzigtausend im Jahr.»

«Können wir denn, verflucht noch mal, nicht einfach für ein paar Wochen dorthin fahren? Ferien machen. Reinschnuppern?»

«Georg, wenn du hierbleiben willst, dann sag's! Ist okay. Ehrlich. Vergiß das Ganze. Laß uns über was anderes reden. Wir finden sicher eine Möglichkeit...»

«Du!» Er spuckte. Sie stand auf.

«Wir. Es sei denn, du bestehst auf deinem du!»

«Jajaja, Mama-San», er machte einen Kotau, «Geolg, blaves Dienel, gutes Dienel, wohin schaffen Möbel, Platten, Büchel, du – Velzeihung WIL – sichel alles schon olganisielt. Du kluges Flau, wil wissen!»

«Leck mich doch am Arsch! Du hast nichts kapiert, absolut nichts! Du hast ja nicht mal zugehört!» Sie rauschte hinaus und knallte die Tür zu. Georg lächelte blöd hinter ihr her.

«Alschlecken, sehl wohl, nix kapielt. Nix zugehölt. Nul Alschlecken, sehl wohl...»

8

Mario hatte sich den Bypass noch immer nicht rausgerissen. Im Gegenteil, er wirkte lebendiger als je. Jünger als die meisten hier. Mit seinen fünfundsiebzig Jahren, achtzig oder eher hundertfünf. Blitzblanke Augen, eine scharfe Stimme, die meistens Bosheiten von sich gab, und dieser Charme, den sie heute einfach nicht mehr herstellten. Er legte seine braune Kralle um ihren Hals, um sie zu sich herunterzuziehen, küßte sie. Auf den Mund, soweit er ihn traf. Seine beiden Bodyguards verzogen keine Miene. Als er das Gleichgewicht auf seinem Bambusstöckchen nicht mehr halten konnte, nahmen sie ihn geschickt unter die Arme, bevor Anja sein Gewicht allein halten mußte, und brachten ihn auf die Dachterrasse hinaus.

«Hast du gesehen», Fred tauchte plötzlich mit einem Tablett voller Tapas aus der Küche auf. «Die haben Knarren unter ihren weißen Leinenjacketts.» Er gab ihr die Tapas.

«Ja, wie im Kino. *Ehre der Prizzis.*»

Da draußen waren schon mindestens sechzig Leute, und es war noch nicht mal neun. Sie reichte lächelnd das Tablett herum. Gisela hatte ihre dürren Falten in eine Art Minibody aus den *fifties* gesteckt, sah aus wie Esther Williams. Schmatzte den armen Bartolo an. Sie mußte ihn retten. «Bartolo, könntest du mir bitte helfen?» Bartolo stand auf, sah aber keineswegs so aus, als wollte er von ihr gerettet werden. Oder als Gast auf ihrer Party arbeiten. Hastig wandte sie sich den anderen zu. Iris versteckte sich verschüchtert hinter den Geranien. Anja ließ sie dort, Gerd und Hanne (im violett-giftgrün gezackten Partnerlook), Paul und Katja (beige-beige und Mustermix) im Kielwasser von Tochter Brillenbacke, die wie ein Dschungelforscher herumschnüffelte, immer auf der Suche nach Drogen, Sex und anderen Exzessen, Lutz ohne Gisela (zu enge Jeans und Rüschenhemd), hinter den knusperjungen Girls her, die sich gelangweilt ein paar kostenlose Kalorien reinpfiffen, bis es Zeit für die Disko war, Gundula Hennewein, die sich den armen Dr. Carlos gekrallt hatte, um ihn (völlig sinnlos) über alte Ausgrabungen und die Inselkultur auszuhorchen.

Das läuft nicht, hatte Fred sie gewarnt. Unser gerontologisches Ferienheim und die Inselmafia. Anja fand, daß es sehr gut lief. Die paar Leutchen aus der *Residencia* fielen kaum auf, und für sie war's ein Heidenspaß. Ein paar Fotografen blitzten herum, von der Party konnte man sicher demnächst auch in den einschlägig bunten Blättern der Heimat lesen. Mario. Er hatte natürlich Mario gemeint. War vielleicht wirklich ein Risiko. Alle sagten, daß er hier der Pate war, der Mafiachef. Das Wort Mafia wurde überhaupt gern benutzt. Anja konnte nur erkennen, daß er offensichtlich sehr viel Geld und sehr viel Einfluß hatte. Und Charme, wie gesagt. Sie fand es nicht unpassend, so einen Mann zum Freund zu haben.

«Wenn du ihn anpumpen willst, vergiß es!» Annegret nahm sich das letzte Hummerbällchen und stellte statt dessen ihr leeres Champagnerglas auf das Tablett. Fred tauchte neben ihr auf, tauschte das Tablett gegen ein volles aus. Hinter ihm Maria mit frischen Drinks. Anja lächelte Annegret hoheitsvoll an und schwebte hinfort. Die war natürlich stockeifersüchtig. Weil sie Mario auf ihrer Party neulich getroffen hatte und weil er auch noch gekommen war. Und weil Fred und Anja es auch – so fand Anja – äußerst schlau angestellt hatten. Nicht nur so eine kleine exklusive Party, bei der man sich festlegte, sondern ein Riesenfest. Abschluß der Saison. Fünf Jahre *Residencia del Sol*. Guter Anlaß, gute PR und ein sehr guter Grund, alle diese völlig verschiedenen Kreise auf einmal einzuladen. Kunden und Freunde, Geschäftsleute und Künstler, Spanier und Ausländer. Bunte Vögel und Dreiteiler, alte Hippies, neue Yuppies, hübsche Mädchen, willige Knaben, AOK-Rentner und Dollarmillionäre.

«Gute Party.» Pedro! Und plötzlich steht es hinter dir! «Echt. Gute Stimmung!» Er wollte noch etwas flüstern. Anja drückte ihm einen Kuß aufs erstaunte Gesicht. Und das Tablett in die Hand.

«Du bist ein Schatz. Danke!» Sie machte sich auf die Suche nach Fred. Fand ihn – wo sonst – im Schlafzimmer. Mit einer der Töchter von irgendwem und – wie beruhigend – einem von Marios Leibwächtern, weiße Linien auf einen Spiegel ziehend. Er schaute kurz hoch, grinste beruhigend, Anja schloß die Tür.

Neue Gäste. Maria und Bartolo boten Drinks an, Iris und noch ein paar von den Inselbewohnern machten sich nützlich. Aus lauter Frust vermutlich. Gott, war das peinlich! Andererseits auch wieder recht angenehm.

Die Musik war grauenerregend. Fred hatte eine Drei-Mann-Combo engagiert, die offenbar noch nie zusammen gespielt hatte.

Gerd und Hanne tanzten schon. Anja spähte suchend herum und entdeckte Chris. Verklemmter Sohn von Freunden. Bestand nur aus Pickeln, Brille und einem sich permanent häutenden Sonnenbrand. In zehn Jahren sicher reich und berühmt, im Moment ein ganz armer Wurm. Anja setzte sich zu ihm. «Hey, Chris. Ich hab dich gesucht.»

«Mich?» Schweißausbruch.

«Ja, du mußt mir helfen.»

«Ich?» Mit drei i.

«Kann sonst keiner», Anja erklärte ihm, worum es ging. Chris sprang auf. Glühte vor Begeisterung und Energie. Sie mußte ihm nur noch zeigen, wo die Anlage war, die Anschlüsse und die Musik. Er brauchte sie nicht mehr. Ging ganz gezielt und überlegt vor, hatte alles fertig, bevor er der Combo den Saft abklemmte. Die erste CD auflegte, abwechselte mit alten Platten, Bändern, ein perfektes Programm machte.

Die Party bekam sofort eine neue Gangart. Maria und Bartolo brauten Sangria, womit keiner sie beauftragt hatte, was aber offensichtlich viele toll fanden, nur die Combo war stocksauer. Es war nicht nur mit Geld getan. Anja hatte spanischen Stolz verletzt. *«No quieres la musica?»* fragten sie mit triefendem Hundeblick. «Du magst unsere Musik nicht?» Sie legte noch einen Schein drauf.

Es lief.

Anja gönnte sich das erste Glas Champagner. Lächelte, als einer der Fotografen auf sie zukam. Sie trug einen nachtblauen Hosenanzug aus Seidenjersey, eine Art Jogginganzug oder Klempnermontur. Sehr eng, sehr teuer. Aber nicht fotogen. Das war Absicht. Alles hier war Absicht. Die Party würde in den Klatschspalten erscheinen, ihr Name, aber nicht ihr Foto. Sie war nicht bunt genug.

Fred war zu eitel, um konsequent mitzumachen. Aber sie hatte ihn dazu gebracht, heute nur Jeans und weißes Hemd anzuziehen. Er war ja kaum zu sehen. Wenn er aufkreuzte, würde er charmant und witzig sein. Und solange er nicht im Clinch mit irgendeiner (für die Presse) heißen Tussi fotografiert wurde, konnte ihnen nichts passieren.

Drei bis fünf Jahre noch. Im Notfall. Sonst zehn. Anja fand an dem Leben nichts auszusetzen. Und mit Fred konnte man handeln. Sie hielt hier und dort ein Schwätzchen und arbeitete sich zu Mario durch. Sie fühlte sich gut, es war eine wunderschöne Nacht. Warm – eher schwül – und sternenklar. Der Mond stand, hing schon rum, bleich und rund, in ein paar Stunden würde er silbrig aufglühen und alles in helles Geisterlicht tauchen. Der Sandstrand unten in den kleinen Felsklippen würde dann aussehen wie Schneewehen. Romantik wie im Kino.

Jemand packte sie grob am Ellbogen.

Der zweite von Marios Leibwächtern. Er grinste und zeigte zwei Silber(!)zähne. Anja war nicht beunruhigt. Es war ja wirklich wie im Kino.

«Anja, mein Kleines, wo bleibst du denn?» Irgend so etwas erwartete sie. Logisch. Mario hockte ziemlich unbequem auf einem Korbstuhl und starrte sie böse an. «Zwei Stunden! Reichlich, oder! Können Sie sich nicht mal um Ihre Gäste kümmern?»

«Entschuldigen Sie, aber ich ...» Scheiße, sie fühlte sich wie die kleine gescholtene Schülerin vor dem Direx. Mario winkte nur ab. Seine Bodyguards sprangen hinzu und halfen ihm aus dem Rattanding. Der zweite war auch wieder da. War also Fred wieder im Umlauf oder allein mit dem kleinen Koksie?

«Setz dich, ich schau nicht gern hoch», sein linker Guard schubste sie in den noch warmen Korbsessel. «Und hör mir gut zu. Ich mag dich. Deine Titten vor allem, aber auch ein bißchen dieses gierige Flimmern um deinen Mund. Nein, sag nichts, wir gehen sowieso. Ich dachte, du weißt, warum du mich einlädst. Ich dachte, du brauchst Hilfe. Scheint nicht so zu sein. Rein gesellschaftlich also. Danke für den Tomatensaft. Gut. Darf nicht mehr trinken. Scheiß-Champagner. Scheiß-Ärzte.» Er wandte sich ab, stakste mit seinem Bambusstöckchen in die Richtung, in die er gehen wollte. Der Leibwächter, der bei Fred gewesen war, reagierte deutlich schneller als der andere. Mario wurde wieder herumgedreht. «Immer noch du?!» Seine Stimme wurde schrill. «Mach dir keine Illusionen. Kein Geld aus meiner Hose!» Anja zerrte nervös an dem Reißverschluß ihres Tops. «Ja», kreischte er plötzlich wieder lebhaft, «zeig sie nur her deine Möpse, sind niedlich. Noch. Denen kannst du's danken, daß ich der Polizei nichts gesagt habe.»

«Polizei?» Verwirrt knibbelte sie den winzigen Reißverschluß wieder hoch. Mario riß sich plötzlich von seinen Wächtern los und knallte sein Bambusstöckchen auf den Boden.

«Willst du mich verarschen? Das Segelboot. Sie haben es. Muß doch genau hier unten passiert sein. Auch wenn sie die eine Leiche erst nach Tagen gefunden haben. Die zweite bisher noch nicht. Nur das Boot. Gestern!» Er grinste zahnlos. «Ich hab nichts gesagt. Danke für den Saft.»

Anja bewegte sich nicht. Ganz ruhig. Nur ganz gaaanz ruhig. Das war alles Show, Theater. Keiner hatte zugehört. Soviel sie wußte. Sie sah sich um. Die Party begann zu lahmen. Obwohl Chris die Musik immer noch am Dampfen hielt, Maria, Bartolo, Iris und die anderen Eingeborenen eifrig Drinks herumreichten, Teller vom kalten Büffet holten, alle versorgten, Aschenbecher leerten, immer wieder die Champagnerkorken knallen ließen.

Fred war nicht zu sehen.

Mario hatte ihr das Messer an die Gurgel gesetzt. Ganz freundlich.

O Scheiße, wieso hatte sie sich nicht vorher um ihn gekümmert. Mit ihm geredet, ihn eingeseift, ihn geküßt.

Aus. Alles aus.

Es läutete.

Schrill und durchdringend. Alle zuckten zusammen.

Iris rannte zur Tür. Sie hatte die Glocke auf extralaut gestellt. Kam nicht zurück. Keine neuen Gäste. Nichts.

Polizei.

Anja stand da, ein leeres Glas in einer Hand, in der anderen eine Zigarette. Woher? Du meine Güte, sie rauchte doch nicht mehr! Egal. Sie kamen, um sie zu holen.

Iris winkte sie zur Tür hin. Gute Iris. Wollte kein Aufsehen erregen. Anja drückte die Zigarette aus, stellte ihr Glas ab. Schritt zur Tür. Elegant, hoheitsvoll, souverän.

Auf der Couch neben der Tür rammelten Paul (Kaufmann) und Hanne (Brevor) unter einer Markise. Oder was immer sie da unten taten, es sah ganz nach Rammeln aus. Hoffentlich bekam da keiner was an der Bandscheibe. Flugdienst anrufen. Anja lächelte immer noch.

«Nein!» Iris stand mitten in der Tür und versperrte so mit ihrem Körper den Eingang. Iris, Kind feuriger Liebe zwischen einem Inselfischer und einer Pediküre aus Germering. Schwarzhaarig, blauäugig, zweisprachig. Schlau, daß sie deutsch mit den Guardias sprach. Keine Antwort, sie mußten weiter unten auf der Eingangstreppe stehen. Anja holte tief Luft und trat vor.

«Nun, was gibt's?»

Keine Uniformen, keine Polizei. Das helle Licht der Laternen in der Auffahrt flimmerte. Ein Mann und eine Frau. Graue Haare, verdrückte Reiseklamotten, Ökotouch. Und Gepäck. Drei riesige Koffer, zwei pralle Armysäcke und eine abgenutzte Kofferschreibmaschine. Lesebrille, Zettel, Brief und ein Inselfaltplan. «Entschuldigen Sie, wenn wir stören. Aber wir müssen mit Frau Anja Gellert sprechen. Dringend. Sie hat uns geschrieben. Wir sind angemeldet. Ich bin Nora Weber. Das ist mein Mann Georg.»

9

Nora merkte, daß Georg neben ihr heftig schnaufte. Der Taxifahrer hatte sich geweigert, ihnen mit dem Gepäck zu helfen. Ja, er wollte nicht mal warten. Polterte etwas in rasend schnellem Spanisch auf ihre gestammelte französisch-italienisch-englische Bitte hin und wendete mit kreischenden Reifen. Und dann dieses Haus. Lichter, Musik und Partylärm. Es sah aus wie in einem Film der fünfziger Jahre. Wie man sich das Leben der Reichen vorstellt. Aber die Autos, die in der Auffahrt parkten, verrieten, daß es auch wirkliches Geld war. Georg wäre weggerannt, wenn er noch genug

Kraft gehabt hätte. Die Hitze lag wie ein feuchtes Laken über ihnen, sie sah, daß sein Hemd durchgeschwitzt war, die Jacke ein verdrehtes Handtuch über seiner Schulter. Und dann noch dieses junge Mädchen. Sah aus wie die Tochter, benahm sich aber wie ein arroganter Dienstbote. Hätte sie glatt mit all dem Gepäck hier in der Wildnis stehenlassen.

«Aber ja! Natürlich! Herzlich willkommen! Ich bin Anja Gellert.» Die Frau, die hinter dem Mädchen aufgetaucht war, kam mit ausgestreckten Armen auf sie zu. Georg wich zurück, stolperte über die Schreibmaschine und wäre fast gestürzt. Genau der Typ Frau, den er nicht ausstehen konnte. Aber es war noch etwas anderes. Die Veränderung in ihrem Gesicht. Als sie wie ein (sonnengebräunt) bleicher Geist hinter diesem Nein-nein-nein-Mädchen auftauchte, hatte sie Angst gehabt. Eine starre Maske aus Angst. Sie hatte jemand anderen erwartet. War grotesk erleichtert, als sie nur sie beide da sah. Dann dieser übertriebene Ausbruch von Herzlichkeit, der nicht zu ihr paßte. «Wir freuen uns so, Sie hier bei uns zu haben. Bitte kommen Sie doch herein. Wir feiern gerade ein kleines Fest.» Etwas zu schrilles Lachen. «Nun ja, das größte des Jahres. Ende der Saison und fünf Jahre *Residencia del Sol.*» Kurzer Blick auf Georg, der aussah, als würde er in der nächsten Sekunde von den Klippen springen oder einen Mord begehen. «Das ist eine Ausnahme. Sonst leben wir hier sehr ruhig, sehr beschaulich.» Sie zischelte dem Mädchen etwas zu, besann sich aber sofort. «Das hier ist Iris, sie ist unsere Haustochter. Der gute Geist der Residencia...» Quassel, quassel, nervöse Blicke ins Haus, man konnte richtig die aufgeregten Gedanken hinter ihrer Stirn sehen. Dann plötzlich lachte sie und wurde menschlich. «Sie müssen mir verzeihen. Ich stecke total in der Klemme. Ich habe Sie weder heute noch hier erwartet. Und diese Party, die scheint ein bißchen, na sagen wir, außer Kontrolle zu geraten. Und ich möchte nicht, daß Sie am ersten Abend einen falschen Eindruck bekommen.» Georg schnaufte, aber diesmal nicht aus Luftmangel, sondern als Kommentar. Nora lächelte, sie platzte vor Neugier. Hinter dieser Anja tauchte eine Gruppe von Männern auf. Ein Greis, klein, mager, dunkler Teint, weißer Anzug, Rattengesicht, eingerahmt von zwei gutaussehenden Kerlen mit breiten Schultern und schmalen Hüften. Der Alte fuchtelte mit einem Bambusstöckchen (!) herum, als die beiden ihn zurückhalten wollten. Stakste dann ohne ihre Hilfe auf die Tür zu.

«Anja!»

«Ja», die Frau fuhr herum wie ein Kind, das Prügel erwartet. Der Alte streckte ihr seine arthritische Hand hin wie der Papst seinen Ring. Sie bückte sich zu ihm hinunter und küßte ihn. «Es tut mir leid», das war so leise, daß zum Beispiel Georg nicht mal hörte, daß sie überhaupt etwas gesagt hatte.

«Anja *la guapa*, es war ein wunderschöner Abend. Verzeih einem alten Mann, wenn er nicht länger bleiben kann. Ich muß gehen, aber ich nehme dich in meinem Herzen mit.» Er hob sein Stöckchen, aber diesmal waren die beiden Kerle schon vorher da und nahmen ihn zwischen sich und mit zu einem Bentley mit verdunkelten Scheiben, der unten im Vorhof stand. Blitzsauber neben all den verstaubten Range Rovers und Nissan Patrols.

Nora hatte sich nicht bewegt, Georg zerrte mit einem fiesen Kratzquieker einen Koffer aus dem Weg.

Sie alle blieben reglos stehen, bis der Bentley abgefahren war, bis das grelle Rot seiner Rücklichter hinter der ersten Kurve verschwand. Auch noch danach einen Sekundenbruchteil. Georg machte den Mund auf, um etwas zu sagen, im gleichen Moment brüllte im Haus wieder die Musik auf. Nora merkte, daß sie für ein paar Minuten ausgesetzt hatte. Als hätte die ganze Welt die Luft angehalten. Sergeant Pepper. Auch das noch. Anja lachte. «*Nostalgia*! Bitte, kommen Sie mit herein. Feiern Sie mit uns. Und wann immer Sie in Ihr Haus wollen, wird Sie jemand heimfahren.»

«Ja, bitte», stieß Georg hervor, aber Nora übertönte ihn hastig. «Das hat noch Zeit. Wir bleiben gern.»

«Fein. Dann kann ich Sie gleich mit ein paar Ihrer neuen Nachbarn bekannt machen.»

«Norchen!» stöhnte Georg auf.

«Bitte, legen Sie doch erst mal ab!» Anja wollte ihm die verschrumpelte Jacke abnehmen, aber er klammerte sich an ihr fest. Anja lächelte, sie hatte öfter mit alten Starrköpfen zu tun. Auf einen

Wink kam ein untersetzter Spanier mit graumelierten Locken, schlechtsitzenden Jeans und einem T-Shirt mit dem Firmensignum von Erdinger Weißbier. Georg entspannte sich, lächelte, grinste. «Das ist Bartolo», stellte Anja ihn vor, «der gute Geist der *Residencia*. Er wird sich um Ihr Gepäck kümmern.» Dann etwas in schnellem Spanisch, ein paarmal tauchte *muchas gracias* auf. Bartolo bewegte sich nicht, verzog keine Miene. Georg machte einen Schritt auf ihn zu. Probierte sein mit viel Ehrgeiz in wenig Zeit gepauktes Spanisch.

«*Conoce Usted este cerveza de Bavaria?*»

Bartolo zögerte, schien gewisse Probleme mit Georgs Aussprache zu haben, hob dann plötzlich beide Arme. «Aah, *no*!» Lachte. «Aber wir spanisch Bier. Sehr gut! Kommen.» Georg folgte ihm ins Haus, ohne noch einmal zu Nora zurückzusehen.

«*Lo sé*. San Miguel.»

«Ah, viel andere! Estrella Dorada. Mahou. Das ein bißchen Geschmack wie Pils, du verstehen?»

Nora merkte, daß Anja immer noch neben ihr stand, die ganze Zeit über aber nervös ins Innere des Hauses hineinlinste und -lauschte. Iris tauchte neben ihr auf, ein Tablett mit Sektkelchen. Nora nahm einen. «Danke!» Trank einen langen Schluck. Noch einen, sah, daß Iris lächelnd mit dem Tablett wartete, trank aus und nahm ein neues Glas. «Auf ins Gewühl!» Sie fühlte sich großartig. Knuffte Anja gegen die Schulter. «Gehen Sie nur! Ich komm schon allein zurecht.»

Anja war dankbar. «Wir sagen hier alle du zueinander.» Ein Stewardessenlächeln, das schon wieder ins Haus hinein abschweifte, dann verschwand sie erleichtert und etwas überhastet. Iris blieb neben ihr stehen wie ein treuer Hund.

«Sie preocupiert sich ein bißchen wegen den anderen Gästen. Soll ich Sie rumführen?» Nora folgte Iris ins Haus, war froh, daß Gerda nicht hier aufgewachsen war und wenigstens eine Sprache richtig sprach. Fand gleich darauf ihre Kleinlichkeit kleinlich. Vor allem, wenn man an Gerdas so beschränkten, langweiligen und vollkommen unkreativen Wortschatz dachte. Hier war es, das Abenteuer. Das absolut neue, das zweite Leben. Oder siebente, wie bei einer Katze; lieber das fünfte, dann hatte sie noch zwei frei. Sie nahm sich ein neues Glas. Was sie wirklich ganz dringend brauchte, das war ein Klo, aber wie finden in einem Privathaus, in dem so was nicht angeschrieben stand?

«Sag mal, Iris, kann ich mich hier irgendwo frisch machen?»

«Frisch?»

«Ah... Hände waschen... und, äh...»

«Pipi machen!» Iris zeigte auf eine dunkle Holztür. «Sie haben ja eine lange Reise hinter sich!» Sie nahm ihr das Glas ab. «Gehen Sie nur, ich warte hier.»

Nora saß auf dem Töpfchen und fühlte sich wie mit siebzehn. Nase pudern hatten sie das genannt. Pipi machen. Sie kicherte in sich hinein und zog die völlig durchgeschwitzten und ausgeleierten Kaufhausjeans wieder hoch. Sah sich im Spiegel. Da war nicht viel zu machen. Etwas Wasser, der Kamm. Sie überlegte kurz, ob sie sich ein frisches Hemd aus dem Seesack holen sollte. Verwarf die Idee sofort wieder. Zuviel Aufwand, und der Unterschied würde minimal sein.

Iris hatte tatsächlich gewartet. Nora war gerührt. Sie folgte ihr ins Getümmel. Viel weißgekalktes Mauerwerk, Treppen, wo keine nötig waren, Bögen, gemauerte Regale, Terrakottaböden, Glas und Rattan. Verglichen mit ihrer eigenen Schwabinger Wohnung war's ziemlich luxuriös, aber wenn sie an das Loft von Martin dachte oder an die Villa von Bertram, ihrem letzten Chef, dann war's doch nur ein schlichtes Ferienhaus. Recht groß allerdings und wunderschön gelegen, keine Frage. Sie sah ein paar Leute, die sich aufführten wie Georgs Mittelstufenschüler, aber dreimal so alt waren, und sie sah Kids, die rumstanden wie die Rentner und schon mit allem abgeschlossen hatten. Iris blieb dankenswerterweise mit ihrem Tablett immer in Rufweite, nannte auch immer wieder Namen, aber Nora hörte gar nicht erst hin. Sie war ein Augenmensch. Namen hatte sie sich noch nie merken können. Mit Ausnahmen natürlich. Da gab es zum Beispiel einen Paul und eine Katja, und bei ihnen, vor ihnen, über ihnen war Gerda. Natürlich war es nicht Gerda. Eine Art Brillengerda. Sie wollte nicht mal hinschauen.

«Hey, Süße», eine Stimme hinter ihr, sie fühlte sich zuerst nicht angesprochen, sah dann aber eine braungebrannte Männerhand auf ihrer verschwitzten Leinenschulter landen. Drehte sich um. «Toll, daß du jetzt auch bei uns bist!» Breites Zähnelachen in einem hübschen Gesicht, braunes Haar, weißes Hemd, Jeans, Espadrilles. Funkeln in den Augen. «Ich bin Fred. Fred Gellert. Und du bist Nora.» Er beugte sich vor, um sie zu küssen. Sie hatte so ein Ding auf die Wangen erwartet, konnte gerade noch den Mund wegdrehen. Er legte ihr zärtlich den Arm um die Schultern. «Komm, ich zeig dir mal was!» Er brachte sie hinaus auf eine gigantische Terrasse über dem Meer. Samtblauer Himmel mit Sternenbrillanten über einer dunkel glitzernden Ewigkeit. Ein Mond, so dick und so orange, wie sie ihn noch nie gesehen hatte, hing über dem Ganzen wie ein Werbeballon. Bezahlt und aufgeblasen vom Touristenbüro. Genauso sah er aus. Künstlich und aufgeblasen. Aber wunderschön. Fred schleppte sie weiter auf diese niedrige weiße Mauer zu, auf der die Leute dicht an dicht hockten wie schwarze Zähne. Fred steuerte auf eine Zahnlücke zu, schob sie vor, ließ sie aber nicht los. «Na?»

Nora stand da und war überwältigt. Fühlte hinter sich die jungen und starken Arme eines Mannes, der sie hielt, sah vor sich dieses vollkommen irre Postkartenfoto, das kein Hollywoodfilm so bringen konnte. Wollte gar nicht aufwachen, weitersuchen. War angekommen.

«Das isses, oder?» Er flüsterte dicht an ihrem Ohr, roch nach Kokosflocken und sprach Düsseldorfer Dialekt. Sie drehte sich um und schob sich etwas aus seinen Armen raus. Er redete und redete. Fuchtelte, zeigte, griff immer wieder nach ihr. Nora verstand, daß das alles nicht Leidenschaft, sondern nur Speed war. Koks. War erleichtert. Kontrolle noch intakt. Überblick gewahrt. Situation im Griff. Sie tätschelte diesen Fred wie einen kleinen Hund und gab ihm ihr leeres Glas.

Plötzlich entstand Bewegung in der Szenerie. Wie auf ein Zauberzeichen strebten alle Kids zum Ausgang hin. Sie verabschiedeten sich nicht, sie schienen auch untereinander keine Kommunikation zu haben, sie setzten sich nur alle gleichzeitig in Bewegung. Außer Nora schien das niemand seltsam zu finden. Sah aus wie eine Art Ritual. Keiner beachtete es mehr. Sie verschwanden, und mit ihnen verstummte auch die Musik. Dann war es einen Moment ruhig, und gleich darauf starteten zwanzig, dreißig Mofas, Vespas und Motorräder mehr oder weniger gleichzeitig und knatterten davon, den Berg hinunter.

Ruhe. Tote Hose. Genau der Monent, in dem Nora bei sich daheim etwas tat, um die Reste aufzumuntern. Aber das war ihr noch nie passiert, daß die ganzen Jungen verschwanden. Normal war's doch eher umgekehrt. Sie sah sich nach Iris um. Keine Iris zu sehen. Sie verstand. Die Jugend hatte hier nur gewartet, bis es spät genug war für die In-Disko oder In-was-auch-immer. Jetzt schienen auch einige der Älteren verloren. Standen herum. Warteten. Leer, hilflos und benebelt. Irgend jemand legte ein neues Band auf. Schmusejazz. Gott, auch das noch, der letzte Partykiller. Nora sah, daß ein paar von ihnen eine Gruppe bildeten. Roch es förmlich. Das waren ihre neuen Nachbarn. Sie fühlte sich in der Fremde ausgesetzt.

«Norchen», Georg. Sie wollte ihm in die Arme fliegen, mußte aber ihn auffangen. «Norchen», er stank nach Bier und Schweiß, «Norchen!» Er schlief, bevor sie ihn auf dem nächsten Liegestuhl unterbringen konnte. Er röchelte. Sah eingefallen aus, sein Gebißteil war verrutscht. Nora hockte neben ihm. Das war kein Abenteuer mehr. Angst, Panik. Sie schaute hoch. Da standen sie alle. Alt, ausgemergelt, verbraucht. Glotzten. Brabbelten. Bewegten sich nicht. War's das? *The End*. Nora merkte, daß ihr die Tränen über das Gesicht liefen. Konnte ja wohl kaum was anderes sein. Warmes Salzwasser auf dem Gesicht. Sie heulte! Scheiße hoch drei, hier in der Fremde, vor lauter reichen und jungen und schönen Menschen. Sie heulte. Aber sie empfand nichts. Null. Georg schnarchte. Der Glückliche.

10

Stumpf. Alles stumpf. Angst. Hitze. Dann die Faust. Metallfinger, die nach ihr griffen. Anja kämpfte sich aus dem Alptraum hoch. Brauchte ein paar Minuten. Dunkle Balken, weiße Wände. Der Geruch von Knoblauch, Tabak und Wein. Die Sonne schien schräg durch das Zimmer, von Ost nach West. Mattgoldene Reflexe auf der alten Schiffskommode. Polierte Beschläge auf rotgemasertem Mahagoni. Sie war zu Hause. Daheim. Erleichterung. Alles war nur ein Traum. Sie lag hier. In Sicherheit. In ihrem Haus. Fred neben ihr. Nichts konnte ihr passieren. Sie rollte sich auf den Bauch und tastete mit einer Hand nach Freds Seite. Nichts. Das Kissen, die Decke, kein Schweiß, keine Falte. Fred. Fred? Fred!

Anja setzte sich auf, fiel sofort wieder zurück. Gott, war ihr schlecht. Das war nicht nur zuviel Suff, das war mehr. ZUVIEL. Nicht mal kotzen. Nur übel. Rundum übel. Sie wußte, daß es dafür andere Gründe geben mußte. Dieses neue Ehepaar von gestern. Bartolo hatte sie in ihren Bungalow gebracht. Iris war mitgefahren. Iris war lieb. Kein Problem. Was dann?

Fred war weg. Na gut. Das Koksie oder irgendeins von denen. Er war sicher da. Nichts passiert. Was, verdammt, war's dann, was sie so gemein irritierte?

Mario.

Klebriger Schweiß brach aus allen Poren. Mario. Er wußte etwas. Hatte ihr gedroht. Eindeutig. Wollte er sie erpressen? Aber wieso, um Himmels willen? Anja sah gut aus, hatte Stil und Selbstbewußtsein. Und es war ja sattsam bekannt, daß die Italiener auf die *bella biondas* standen. Aber, *Mamma mia*! Sie hatte ja immer noch die Füße auf dem Boden. Selbst wenn es ihm um Sex gehen sollte, dann konnte er die Mädchen rudelweise haben. Jünger, schöner, blonder. Eher schien es ihr, als hätte er die Bemerkung über ihre Titten nur gemacht, weil ihm sonst absolut nichts Lobenswertes einfiel. Was dann? Macht. Hatte er selbst reichlich, sie selbst war ein Nichts. Spaß am Spiel? Dann wäre er nicht so einfach verschwunden. Oder wollte er sie auf die Probe stellen? Wußte gar nichts, ahnte und vermutete nur, wollte ihre Reaktion prüfen? Irgend etwas steckte auf alle Fälle dahinter, soviel stand fest. Mario war nicht der Typ, der rumredete, nur um die Luft zu bewegen. Etwas bezweckte er, hatte er vor.

Wollte er sie warnen?

Sofort neuer Schweißausbruch. Anja zerrte sich das feuchte Laken vom Körper. Im nächsten Jahr mußten sie unbedingt die Klimaanlage einbauen lassen. So teuer war das gar nicht.

Wenn es ein nächstes Jahr gab.

Mario benützte sie. Das war die einzige logische Erklärung für sein Erscheinen auf ihrer Party und seine Andeutungen. Wenn er wirklich der Pate hier war, dann hatte er seine Finger kräftig drin im Drogengeschäft. Keine noch so effektive spanische Polizei konnte die gesamte Küste mit allen Inseln kontrollieren. Und im Sommer wimmelte es von Yachten, Schnellbooten und Luxuskreuzern jeder Größe und Herkunft. Das Miami Europas. Dann kannten seine Leute jedes Boot in jedem Hafen hier, auch die unschuldigen Touristenboote. Vielleicht ließen sich einige sogar einsetzen. Heimlich und ohne Wissen der Eigner. Unter harmloser Flagge, das Zeug wog ja nicht viel.

Und dann gab's da plötzlich einen ungeklärten Todesfall, eine weitere Person wurde vermißt, nach einem Boot gefahndet. Konnte dadurch irgend etwas anderes aufgerührt werden?

Anja wälzte sich halb aus dem Bett, fand eine fast aufgerauchte Zigarettenpackung und schnippte sich routiniert eine raus. Steckte sie an. Hustete. Es war wie in den Alpträumen der ersten Monate. Immer wieder hatte sie geträumt, daß sie ganz plötzlich, und ohne es zu merken, wieder voll an der Lulle hing. Ja, genauso. Sie stopfte sich das Kissen in den Rücken, setzte sich auf und nahm den Aschenbecher mit auf die Bettkante. Zählte voller Ekel die Kippen. Zwölf. Allein hier im Schlafzimmer. Sie schaute hinaus auf das Meer, eine kobaltblaue Lackscheibe, die hochaufragende Steilküste matt silbern bis aprikosenfarben im Morgenlicht.

Es gab Höhlen da, die schon die alten Seeräuber vor fünfhundert Jahren benutzt hatten. Oder die alten Römer. In einigen dieser

Höhlen hatte man Schmuck und Geschirr der Phönizier gefunden. Geraubt vermutlich und versteckt. Es waren gute Verstecke. Schwer zugänglich, meist nur von der offenen See her. Vom Land aus nur von verwegenen Bergsteigern. Auch die Inselbevölkerung versteckte sich damals dort vor den Piraten. Sie räucherten sich gegenseitig aus. Vor nicht allzu langer Zeit hatte die spanische Drogenfahndung eine solche Höhle entdeckt. Mit modernstem High-Tech ausgerüstet und bis hoch unter die letzten Stalaktiten vollgestopft mit dem Schnee, der glücklich macht. Und reich.

Hatte Mario Angst, daß man so eine Höhle fand, wenn die Trümmer des Segelbootes ausgerechnet dort gegen die Felsen geprallt waren?

Wollte er sie da irgendwie mit reinziehen?

Hatten *seine* Leute das Boot oder/und die Leiche gefunden und die Spuren vertuscht, verwischt, verändert?

Wo würde die zweite Leiche auftauchen?

Vor ihrer Haustür?

Wollte er ihr das mitteilen? Wollte er ihr nahelegen, rechtzeitig abzuhauen? Nur ihren Titten zuliebe?

Scheiße, Scheiße, Scheiße, in was war sie da hineingeraten. Das war zu groß, das war nicht mehr ihr Job. Sie mußte einen klaren Kopf bekommen. Nachdenken, mit jemandem reden. Fred. Wo war das Miststück?

Er kam. Genau aufs Stichwort, wie in einer Boulevardkomödie mit nur einem Bühnenbild: das elegante Schlafzimmer. Er hatte noch immer die Jeans von gestern an, keine Schuhe, kein Hemd. Sah aus, als hätte er draußen geschlafen oder gar nicht. Stand immer noch unter Strom. «Hey, Süße, Mann, das war eine Party!» Er zog die Hosen aus, stolperte und ließ sie mitten im Weg zum Bad liegen. Stellte sich unter die Dusche und redete lauter, um das Wasserrauschen zu übertönen. «Hat allen gefallen! Sieben Journalisten hab ich gezählt! Waren sicher mehr! Drei Fotografen, einer allerdings nur von hier. Mario war ja ganz weg von dir!»

«Was? Hat er was über mich gesagt?»

«Und dann die Neuen. Hast du gut ausgewählt. Er hat sich sofort mit Bartolo zugedüdelt, und sie erlag meinem Charme!» Lacher. «Hab sie schon mal ein bißchen weichgeklopft, denke, die passen gut her. Werden keine Probleme machen. Essen und trinken gern. Wir haben mächtig viele Gemeinsamkeiten.» Lautes Lachen. «Wir müssen sie bald mal einladen. Zum Frühstück vielleicht. Hier auf unserer Terrasse. Champagner, Krustentierchen und ein paar interessante Leute aus der Stadt. Nicht zu viele. Jean oder Jacques oder wie der heißt, dein französischer Malerfreund, dann Larry, dachte ich, Schriftsteller, wenn ihn auch keine Sau kennt außerhalb von Kanada, Lucie natürlich, Holländerin, ach nee, Belgierin, um so besser, wir müssen ganz international sein. Galeristin, ist doch was. Und niedlich. Lobo, den irren Ami, wie heißt der noch mal wirklich? Wolfe, logisch. Dichter. Und seine Wahnsinnstussi, Lena, die schwedische Tänzerin. Legt vielleicht einen Strip hin für uns. Keusch und künstlerisch.» Grölendes Gelächter, kurzes Fluchen, Probleme mit dem Heißwasser. «Hey, Anjamaus! Bist du noch da?» Er erwartete keine Antwort. Stieß wohlige Laute aus, hatte das Wasser auf kalt gestellt. «Nicht schlecht, oder? Die sprechen paar Sprachen, sind nicht ganz so beknackt wie üblich. Wir müssen schon aufpassen, schlau vorgehen. Geht aber. Ich schätz sie auf 'ne halbe Mio. Hab Bartolo gesagt, er soll sie in den Zweier bringen.» Fröhliches Pfeifen.

Fred konnte sie nichts sagen. Er quatschte zuviel. Er hörte sich sowieso schon gern reden, aber wenn er speedy war, sei's Wodka-Tonic oder Schneesturm in der Nase, dann war er nicht mehr zu kontrollieren. Er würde sich um Kopf und Kragen quasseln. Na schön, er war ein eitler Gockel, aber auf seine Art zuverlässig, lieb, charmant, hübsch und sexy. Das vor allem. *Sexy and handsome.* Handzahm. Nein, sie wollte ihn nicht verlieren. Nein!

Plötzlich wurde ihr richtig schlecht. Hastig drückte sie die Zigarette aus, versuchte, tief durchzuatmen. Schaffte es gerade noch ins Bad. Fred trocknete sich ab, verzog nicht mal das Gesicht, drehte sich nur vom Spiegel weg. Tüdelüh, das Telefon. Fred lief munter hinaus, meldete sich. *«Diga? Digame! ... Sí, sí ...»*

Kein Spaß. Nicht nur sein Kragen. Auch ihr eigenes Leben. Nichts. Ein Stück Plastikgeld in Marios Spiel. Einer von diesen wertlosen Chips, die nur in der Masse und nur zu ganz bestimmten Spielen benutzt wurden. Sie schnappte nach Luft. Bekam keine. Hockte auf dem Badewannenrand und krümmte sich unter einem Asthmaanfall. Plastikchips sollten ohne Luft auskommen. Raus. Luft. Fred.

Fred war seltsam still da draußen. *Sí, sí,* immer nur sí. Das war nicht seine Art. Anja versuchte an alltägliche Dinge zu denken. Traute es sich nicht zu, allein unter der Dusche zu stehen. War zu naß und seifig nach Fred. Sie spülte sich das Gesicht und putzte ihre Zähne. Kein Brechreiz mehr. Gleichmäßiger Atem. Kein Problem, nur ein Kleinstanfall. Entspannt richtete sie sich auf. Fred stand hinter ihr in der Tür. Im Spiegelbild dicht neben ihr, nur etwas kleiner. Sie wandte sich um.

Sein Gesicht war fleckig bleich unter der Sonnenbräune, die Lippen verspannt. Trotzdem lächelte er. «Nichts weiter, mach dir keine Sorgen, wirklich nichts!»

«Was?» Sie hörte sich selbst kreischen. Hysterisch.

«Nichts. Ehrlich!» Der kleine Nerv über seinem linken Auge zuckte. «Iris. Es war nur Iris.»

«Und?» Das kam jetzt cool und ruhig. Anja wurde extrem ruhig in wirklichen Paniksituationen. Glückliche Gene. Und sie merkte, daß Fred kurz vor dem Ausrasten war. Er ballte hilflos die Hände zu Fäusten und kratzte einen Mückenstich an seinem Arm blutig. Sie durfte ihn jetzt nicht umarmen, berühren. «Sag schon», ganz leise. Er starrte auf die meerblauen Badezimmerkacheln.

«Die Polizei. Sie haben sie gefunden... und das Boot...» Pause, fahrige Handbewegung. «Wir sollen sofort kommen.»

11

Es duftete zart nach Orangenblüten. Das war natürlich die schiere Einbildung, denn weit und breit gab's keine Orangenplantagen, sie waren hier mitten unter Pinien, nach vorne hin das Meer und auf der Rückseite, wenn überhaupt, Olivenhaine, ein bißchen Wein, Tomaten und Melonen. Nora hörte Verkehrslärm. Gleichmäßig wie auf der Autobahn. Das Meer. Die Brandung. Sie war angekommen. Sie war hier unten, im Süden, am Mittelmeer. Spanien. Nora machte die Augen auf. Weißgekalkte Schrägdecke, dunkle Holzbalken. Sie konnte es noch immer nicht ganz glauben. Kassettenfenster, maurische Bögen, Winkel, Stufen, Nischen. Pinien, Sand und Meer. Es roch immer noch nach Orangen.

«Norchen, Frühstück ist fertig!» Er kam an ihr Bett und zog ihr das Laken weg. «Komm schon, schlafen können wir immer noch.» In der Kiste, meinte er. Stand da vor ihr, leicht verknautscht, sonst aber fit wie ein Turnschuh. Widerlich! Nora bewegte sich nicht. Gestern war er kurz vor dem Koma weggepennt, sie hatte noch Stunden auf der Terrasse gesessen. Na schön, den Kühlschrank ziemlich leergemacht. Eine Flasche Champagner (halb trocken, grrr!), ein Weißwein aus Penedés, passabel, ein anderer aus Rioja, nicht übel, ein Rotwein, zu dem sie gern etwas Käse gehabt hätte.

Natürlich hatte sie die Flaschen nicht ganz ausgetrunken. Natürlich nicht! Da ging viel über die Brüstung. Natürlich! Nora fühlte sich viel zu gut. Sie konnte gar nicht so viel gesoffen haben. Sie erinnerte sich ja auch an alles. Jede Einzelheit. Der Geruch von Seeluft und Pinien, als sie nachts allein auf der Terrasse saß und glaubte, daß Georg die Nacht nicht überleben würde. Die Geräusche der Siebenschläfer in den Steinmauern, das gefleckte Licht des Mondes auf dem Sand. Glück. Trotz allem Glück. Das Gefühl von Kismet. Geschehen lassen. Angekommen sein. Sein.

Nora stand auf, zog sich eins von Georgs übergroßen T-Shirts an und besichtigte das Haus. Sie fühlte sich wie ein kleines Kind. Erster Ferientag. Ohne geputzte Zähne und mit schmutzigen Füßen. Absolutes Glück. Sonnenlicht vergoldete weiße Kalkwände. Schränke mit Lamellentüren boten Platz für die Kleider eines Familienclans. Hier könnte man das Eßzimmer einrichten. Einen Riesentisch, direkt zwischen Terrasse und Küche. Das eigentliche Eßzimmer als Bibliothek. Es gab zwei Wohnzimmer. Eins konnte man mit Fernseher und Satellitenschüssel ausrüsten, das andere, um auch im Winter gemütlich zusammenzuhocken. Es hatte einen Kamin an der Stirnseite. Nora hatte einen Prospekt über norwegische Kaminöfen im Gepäck, sie hatte nicht vor, hier zu frieren.

Sie hatte vor, hierzubleiben.

Verrückt. Und glasklar. Sie mußte das Georg ganz, ganz vorsichtig beibringen. Das würde er nie im Leben verstehen. Sie war hier angekommen. Und hatte es gefühlt. Daheim.

Bartolo hatte sie hergebracht. Schweigsam und etwas zu schnell. Hatte vermutlich Angst gehabt, daß ihm Georg im Auto abnibbelt. Hatte sich ganz ernsthaft Sorgen gemacht. Oder doch nicht? Er hätte ja auch zur Klinik fahren können. Keine Frage. Nora erinnerte sich kristallklar. Die weite Ebene im hellen Mondlicht, die geduckten Häuser und Olivenbäume. Die Windmühlen. Massiv und breit gegen das filigran-silbrige Meer. Mond. Vollmond. Hexenzeit. In Bayern konnte der Vollmond bei Föhn schon auch reichlich dick und gelb und butterrund aussehen. Gegen den von gestern nur ein blasser Schusser. Und dann die Küste. Buchten, von piniengrünen Felsen umschlossen, dann plötzlich hinter der geschwungenen Auffahrt die ersten Häuser. Blankweiß im Mondlicht, maurisch klar und seltsam verloren im Pinienwald. Nora hatte sich – aufgehetzt durch Georg – so eine kleine, enge, billige Feriensiedlung erwartet. Aber das hier schien gigantisch. Breite Wege aus glitzernd weißem Salzkies, ein maurisch gestaffeltes Haus mit verschiedenen Ebenen, elegant in den Hang gebaut. Apartments, hatte Bartolo wortkarg erklärt, und ein paar Clubräume. Bar, Restaurant, noch einiges mehr. Die Bungalows und Häuser der anderen lagen locker verstreut unter den Pinien, einige in kleinen Gruppen, ein paar für sich allein. Keins sah aus wie das andere. Sie hatten jedes für sich eine ganz eigene Silhouette, aber alle schienen auch wieder zusammenzugehören. Wer immer das als Architekt entworfen hatte, Nora fand es großartig. Die Apartments für Singles und die ersten Bungalows sahen natürlich billig aus gegen die größeren und pfiffigen, die danach kamen. Zur Küste hin. Mit mehr Land drum herum.

Sie stand am Fenster und schaute hinaus. Nein, sie hatte sich nicht vom Alkohol und Mondlicht täuschen lassen. Es war schön, traumhaft schön. Georg hatte aufgeräumt, Frühstück auf der Terrasse mit Kaffee, Kräckern, Leberpastete aus der Dose und frischem Orangensaft. Daher der Duft, alle Sinne klar, noch keine postalkoholischen Halluzinationen. Nora ging ins Bad, duschte und putzte sich die Zähne. Das Wasser schmeckte leicht salzig, aber es kam problemlos, kalt oder warm. Das Bad hatte nur ein winziges Fensterchen, war aber hell und fröhlich durch bunte gelbgrundige Kacheln. Wie eingefangene Sonne. Nora selber hätte solche Kacheln nie genommen, schon weil Georg so was unruhig fand, wie die Tapete einer Arbeiterküche. Nora begann bereits, ein Besitzverhältnis zu diesem Bungalow zu entwickeln, gerade, daß alles schon fertig war, daß nur noch die Aufteilung der Zimmer (in Maßen) und das Verteilen der Möbel von ihr (und Georg) entschieden werden konnte. Nora hatte Vertrauen zu ihrem Bauch, und den sprach das Haus an. Zusammen mit einem Mann wie Georg ein Haus zu suchen, zu renovieren oder womöglich neu zu bauen, wäre der blanke Horror. Kopfmensch und technisch völlig unbegabter Lehrer, der er war. Er hatte den einen Seesack aufgerissen, umgeworfen, sich dann aus dem anderen ein paar saubere Hosen und T-Shirts herausgezerrt. Den Trümmerhaufen hinter eine Kommode geschoben. Nora fand nach mühevollem Herumkramen die total verdrückten Bermudas, zog wieder Georgs XX-Large dazu an. *Don't read T-Shirts, read books,* hatte mal draufgestanden, gründlicher, aber unprofessioneller Gebrauch der Waschmaschine hatte die Schrift mitsamt der Farbe fast vollständig entfernt. Sah jetzt beinahe aus wie die Batikhemden aus den Sechzigern. Nora fühlte sich auch so. Frei, jung und herrlich locker. Ein versehentlicher Blick in den Spiegel zeigte ihr einen unförmigen Kartoffelsack. Manchmal irritierte sie dieses groteske Mißverhältnis von überschäumender Lebensfreude und dem Gefühl, dreißig zu sein, und dieser rundlichen Großmutter im Spiegel. Nicht mehr so oft. Sie sah in Hosen nicht lächerlich aus, sondern nur rund, und wenn sie ein Kartoffelsack war, dann ein ausgesprochen fröhlicher. Georg war der mit den Problemen.

Er saß schon am Tisch, vermißte überdeutlich seine Zeitung. Sie umarmte ihn von hinten, küßte ihn auf die schlechtrasierte Stelle zwischen Nase und eingetrocknetem Seifenschaum. «Wir werden eine spanische Zeitung abonnieren und die deutschen natürlich», tröstete sie ihn.

«Ach. Und du glaubst, die werden hier ausgetragen?» fauchte er. Sie setzte sich auf den anderen Stuhl. Verstand seine miese Laune nicht. Die Sonne schien, war aber noch nicht heiß, zwischen den hellgrün wolkigen Kuppeln der Pinien leuchtete das Meer, die Zikaden schnurrten wie Elektrorasierer, und das monotone Schwappen der Brandung gegen die Felsküste vermittelte ein intensives Gefühl von Ewigkeit.

«Wir werden immer morgen die von gestern lesen», sagte sie leise. «Georg. Es ist nicht mehr so wichtig! Wir sind hier. Wir leben. Schau doch bloß, riech mal, hör hin!»

«Du bist glücklich, was?» Er schenkte sich Kaffee nach, würde jetzt gern wenigstens seinen Krimi zum Frühstück lesen. «Du findest das alles lustig. Hier rumzuhocken. Mit lauter alten Leuten, Abzockern und Schickimicki-Yuppies. Mitten in einer vorgestanzten Schrebergartensiedlung im Neckermanngeschmack.»

«Tja», Nora kleisterte vorsichtig etwas Pastete auf den bröseligen Kräcker, «alt sind wir nun ja mal selber. Das ist eine Tatsache. Und wir werden nicht jünger. Und hier sind keinesfalls alle älter als wir. Soweit ich das gesehen habe. Aber es gibt Bäder, Massagen, ärztliche Versorgung, immer jemanden, der sich um deinen Papierkram kümmert, der deinen Abfluß repariert oder den Fernseher. Undenkbar, wenn wir ganz allein für uns hier wohnen würden.»

«Schön für Ferien. Geb ich zu.» Was er damit meinte, war so klar wie Blindenschrift: Ich finde es gräßlich hier. Fremde Sprache, fremde Mentalität, keine Tageszeitung beim Frühstück, keine Staatsbibliothek gleich um die Ecke, keine Antiquariate, keine Beiseln, kein Weißbier, keine jungen Leute, die mich aufgrund meiner früheren Position noch lieben-respektieren-befragen, keine alten Kollegen, die alles falsch machen, kein überschaubares Stadtviertel, in dem man mich kennt und grüßt. Kein Miesbach mehr.

Darauf einzugehen wäre sinnlos gewesen. Das war das Problem mit Kopfmenschen. Wenn sie sich auf einer Emotionsschiene festgefahren hatten, konnten sie das ja nie zugeben. Nicht mal sich selbst gegenüber. Also mußte sie mit den Tricks arbeiten, die ihr weiland die Mutter beigebracht hatte. Wie man einen Mann dazu bekommt, das zu tun, was man will. Tricks, nicht Argumente. Nora lächelte lieb und begann den Tisch abzuräumen. Bewegte sich, als hätte sie ein Kleidchen an. «Ja, ja, genau. Vermutlich ist das Haus ja auch völlig verrottet. Ich bin sicher, das alles funktioniert nicht länger als drei Tage. Und dann ist Bartolo krank.»

«Nein... Bartolo, glaube ich eigentlich nicht...»

Aha, erster Sieg! «Doch. Sind die immer. Damit muß man hier rechnen!»

«Nein, Norchen, du irrst dich!» Heftiger: «Bartolo ist da ganz anders. Wir haben uns lange unterhalten. Das siehst du ganz falsch! Überhaupt, er ist Katalane! Ein Preuße Spaniens sozusagen. Außerdem wissen wir ja viel zuwenig. Glaub's mir!» Nora trug das Geschirr in die Küche. Jubelte innerlich. Ein Werbevortrag! Wer hätte das gedacht. Das war das schlichte Geheimnis von Oberlehrer a. D. Georg Gatte. Widerspruch. Das war's, was er nicht mochte. Was seinen Kampfgeist weckte. Seinen Eroberungsdrang. Seine männlichen Adrenalinvorräte. Danke Mama. Es funktioniert. Nora hätte gern einen der Teller gegen die Wand geknallt, aber noch gehörte ihnen der Mist ja nicht. Fast ein halbes Jahrhundert war sie jetzt mit diesem Schwachkopf zusammen. Und es war nie langweilig gewesen. Er hatte Kopf und Geist und Verstand. Zusammen hatten sie die Weimarer Republik, die russische Revolution und die amerikanische Demokratie neu erfunden. Erheblich verbessert. Sie hatten immer und über alles gesprochen. Wenn es nur wichtig genug war. Und sehr weit weg.

Und hier stand sie nun und wusch das Frühstücksgeschirr, und dann würde sie die Koffer aus- und die Schränke einräumen, während er sich da draußen endlich (erleichtert) sein Buch vornehmen würde. Wie gehabt. Wenn eine Frau was will, dann muß sie Tricks anwenden. Frauen können alles erreichen im Leben. Hinter jedem großen Mann steht eine Frau. Nochmals Dank, liebe Mama. Hier steh ich hinter Georg und seiner Arthrose (die er nicht wahrhaben will und als Rheuma runterspielt) und bin klein (Männer lieben kleine Frauen) und dumm (Männer hassen kluge Frauen) und hilflos (schwache Männer entflammen, wenn man sie um Rat fragt). Nora knallte den letzten Teller zu den anderen, er brach nicht. Nichts brach. Was sollte sie jetzt tun? Alles liegen- und stehenlassen? Von ihrer kümmerlichen Rente leben? Zu Gerda ziehen? Nein, verdammt. Sie würde Georg so weit kriegen. Und wenn's mit Mamas Tricks war. Sie sah ihn durch die Tür, verloren gegen die gewaltige Natur, keine Zeitung, hinter der er sich hätte verstecken können. Und außerdem liebte sie ihn. Vierzig Jahre und immer noch. Keine Frage. Nora wurde von einer Gefühlswoge überrollt, wollte sich schon auf ihn stürzen, alles für ihn tun, Schuhe putzen, Eisbein kochen, nach Sibirien ziehen, da sah sie, daß er keineswegs einsam und verloren auf der Terrasse saß. Er hing da wie eine Spinne, wie ein Geier, alle Tentakel ausgefahren. Nora platzte fast, als sie überlegte, wie Georg diese seltsam kühn zusammengestellten Vergleiche bei seinen Schülern einordnen würde. Mangelhaft! Unter aller Sau. Sie kannte seine Kommentare, wenn er abends die Aufsätze korrigierte. Sie schlich sich von hinten an ihn an.

Er streckte einen Arm nach ihr aus, wortlos, er hatte sie kommen gefühlt, zog sie zu sich. «Schau dir das an!» Tonloses Wispern, als wären überall Wanzen eingebaut. «Die Polizei. Mit zwei Autos! Das ist ungewöhnlich. Einer in Zivil, zwei in Uniform. Keine Guardias, nur die Blauen. Bartolo stellt sich dumm, kannst du an der Mimik sehen. Iris, das hilflose Blondchen ...»

«Sie hat schwarzes Haar.»

«Darum geht es nicht. Es geht um die Idee. Sie spielt das blonde Dummchen.»

«Was wollen die?»

«Wüßte ich selber gern. Geh doch mal hin. Hör dich um!» Er schnaufte auf. «Wenn wir länger hierbleiben, brauch ich ein Opernglas oder so was.»

«Ich bin doch gar nicht angezogen!» Das war ihr so rausgerutscht. Mama hätte vor Wonne einen Luftsprung gemacht. Georg ging gar nicht darauf ein. «Jetzt kommen auch die anderen. Von der Party gestern! Da ist schon diese alte Gundula! Haach, und die! Die mit der Brille, scheint die Tochter von jemand zu sein. Widerlich!» Ihm schien Gerda einzufallen, und er verschluckte den Rest.

«Komm doch auch mit. Geht uns doch alle was an!» Nora zog ihn an seinem zerdrückten Leinenhemd. Er schob sich aus seinem Stuhl, als sollte er ihr sein Leben opfern, aber er war gepackt.

«Wir müssen einkaufen», sagte er abwiegelnd und nahm einen Umhängekorb. Küßte sie plötzlich aufs Ohr. «Jetzt aber schnell!»

Es gab einen steingefaßten Sandweg unter Pinien, der zum Apartmenthaus führte und damit auch zum Herz der *Residencia*. Georg bewegte sich plötzlich wie ein alter Pfadfinder. Schlug einen anderen Weg ein, kroch unter einer riesigen Pinie unten hindurch, schob auch die tiefhängenden Äste der nächsten auf die Seite, zog Nora mit sich, machte verschwörerische kleine Handzeichen. Spielte CIA im Vorabendprogramm. Serienreif. Nora spielte mit. *Mit Charme und Melone, Die zwei, Stiefelchen* oder wie das damals hieß, sie hatten alle gesehen. Zusammen beim Roten aus der Provence.

Sie waren ein gut eingespieltes Team. Auf Lauschtour. Nora schlich hinter Georg her, der ihr immer wieder Handzeichen gab. Mord war ihr Hobby. Nora grinste vor sich hin, ein Fall aus einer Fernsehserie. Sie hatten eine dichtgewachsene Mastixhecke erreicht und duckten sich unwillkürlich. Bei der Gruppe vorn schien es eine Meinungsverschiedenheit zu geben. Die alte Gundula, die mit ihrer Lederhaut und den Tropenklamotten aussah wie die Mutter von Dr. Livingstone, *I presume*, hämmerte ihr schwer akzentbeladenes Spanisch mit bewundernswertem Sprachtempo auf die Polizisten ein, der Zivile (er sah in seinem himmelblauen Trevirafreizeitanzug ein bißchen aus wie ihr Postbote in Schwabing) antwortete in leicht westfälischem Deutsch. «Bitte, beruhigen Sie sich doch. Wir möchten nur kurz mit Herrn oder Frau Gellert sprechen, ja?»

«Ich hab sie angerufen», sagte Iris, «sie sind schon unterwegs.»

«Ein Todesfall, haben Sie gesagt», keifte die Brillentochter, «das geht uns sehr wohl etwas an. Uns alle hier!»

«Wohnen Sie auch hier?» Der Postbote fragte nicht mal nach

ihrem Namen. Das hieß, er kannte ihn längst. Die Guardias hätten erst mal nach den Papieren geschnauzt, allein schon, um diese Ausländer zu verunsichern. Soviel hatte sich seit Francos Zeiten nun auch wieder nicht geändert.

«Nein», fauchte Brillentochter zurück, «aber meine Eltern. Und ich bin verantwortlich!» Darauf folgte ein kurzer spanischer Wortwechsel, dann wandte sich der Freizeitpostler mit einem mitfühlenden Lächeln wieder der Tochter zu.

«Sie sind verantwortlich für Ihre Eltern? Sind sie so krank? Das tut mir leid. Meine Großmutter ist auch, Sie wissen schon...» Er machte mit dem Zeigefinger kleine Kreise an seiner Schläfe. «Das ist schlimm, sehr schlimm!»

«Nein!»

«Also, entschuldigen Sie mal!»

«Wir sind doch nicht tüdelig!»

«Was fällt Ihnen ein?»

«Bloß weil mein Mann diesen kleinen Schlaganfall hatte, ist er doch kein Pflegefall!»

«Oder meine Frau!»

Der himmelblaue Postbote schwieg, Gesichtsausdruck und Körperhaltung hätten gut in ein Beerdigungsinstitut gepaßt. Paul und Katja (heute in vorgeknautschten Leichtjogginganzügen in Blaßgrau und Eigelb) merkten, daß sie in ihm keinen Gegner fanden, und wandten sich gegen die Tochter.

«Ingeburg!» Voller Vorwurf unisono.

«Gott», wisperte Georg kaum hörbar und dachte an Gerda, und was für ein Glück sie immerhin noch mit ihrem Namen hatte. Nora prägte sich das Postbotengesicht ein. Schmal, tiefliegende Augen, glattes Haar, wie mit dem Filzschreiber gezeichnet, ein Specht. Hätte gut zu Uniform und Monokel gepaßt. Nora fand ihn gut. Das war ihr noch nie bei einem Bullen passiert. In all den Jahren.

Brillentochter Ingeburg stellte sich dem direkten Angriff: «Ist doch wahr! Ihr seid Betrügern aufgesessen! Ihr laßt euch ausnehmen wie die Weihnachtsgänse, und dann? Hui! Hier gibt es doch nicht mal eine anständige ärztliche Versorgung!»

«*Que dice?*» Einer der Uniformierten, der himmelblaue Zivile beachtete ihn nicht. Seine gelgeklebten Haare hatten sich zu einem empörten Wirbel gewölbt.

«Sie meinen also, die spanischen Ärzte wissen weniger als die deutschen? Man kann ihnen nicht vertrauen?»

«Ich habe nur gesagt, daß es in diesem Altenheim keine angemessene ärztliche Versorgung gibt!» schnappte sie.

«Das ist doch kein Altersheim!» kreischte Gundula auf, Iris sagte leise etwas zum hellblauen Specht. Der hatte den Blick nicht von Ingeburg abgewandt, jetzt klang seine Stimme scharf.

«Soweit ich informiert bin, handelt es sich hier lediglich um eine Art Siedlung. Auf freiwilliger Basis. Bestens betreut von Dr. Carlos, einem hervorragenden Arzt, der ständig über Funk zu erreichen ist. Außerdem haben wir mehrere Kliniken von internationalem Ruf.» Er richtete sich unmerklich auf und zog eine Augenbraue hoch. Der Matador. «Und einen sehr hübschen Flughafen, von dem aus Sie je-der-zeit nach Deutschland fliegen können.»

«Den Flugplan kennt Ihr ‹Doktor› Carlos vermutlich auswendig!» höhnte sie. Paul und Katja versuchten sie mit gemurmelten Beschwichtigungen und Ärmelgezupfe zurückzuholen, sie riß sich los. «Hör schon auf, Mama! Der hat dir doch nicht mal deine Pillen verschrieben!»

«Aber es geht mir doch großartig! Er meint, wenn schon die Leber belasten, dann lieber mit einem Glas Wein...»

«Er macht euch alle zu Alkoholikern! Das ist ja auch einfacher!»

«Stimmt», kicherte Gundula etwas unpassend, «ich könnte jetzt einen vertragen.»

«*Buena idea*», stimmte Bartolo mit einem Seufzer zu.

«Und, wenn dann wirklich jemand krank wird», giftete Ingeburg weiter, «dann wird er schnell abgeschoben, verschwindet, oder wie? Warum sind Sie hier? Zwei Leichen, haben Sie gesagt! Zwei alte Leute von hier! Wie sind die Namen?»

«Die Namen?» Der Specht grübelte. «Ach, ich bin nur ein spanischer Polizist. Das ist wie mit unseren Ärzten. Dritte Welt. Kein

Vergleich mit diesem wunderbaren Deutschland. Leider.» Ingeburg glotzte sprachlos.

«Halten Sie jetzt bloß die Schnauze!» zischte Gundula. Der Specht lächelte.

«Meinen Sie mich? Nein, diese junge Dame! Nun, sie kann doch ruhig sprechen. Wir haben eine Demokratie hier. Sie kann ihren Konsul aufsuchen.»

«Sehr interessant», sie gab nicht auf.

«Falls Sie gerichtlich gegen Dr. Carlos Mendoza vorgehen wollen. Oder gegen mich.» Wenn er lächelte, sah er zehn Jahre jünger aus. «José Maria Bach», leichte Verbeugung, «wie Ihr berühmter Komponist. Oder unser Wein.» Jetzt grinste er wie ein kleiner Junge, und als hingen seine Haare an denselben Nerven, sprangen sie immer zahlreicher aus ihren Gelfesseln.

Nora schrie fast auf. Georg hatte sich in ihren Arm gekrallt, als ob er ihn abbrechen wollte. Sie merkte, daß er gleich vor Lachen platzte. Zog ihn vorsichtig tiefer hinter die Büsche. Wenn man sie jetzt hier entdeckte! Nicht auszudenken!!! Nora merkte, daß ihr das keinen wirklichen Schrecken einjagte. Ihr Atem ging ruhig, und auch Georg hatte nur Mühe, sein Lachen zu unterdrücken. Was sollte ihnen denn auch passieren? Peinlichkeit? Aus dem Alter waren sie raus. Hatte doch was Gutes, das Alter. Auf hundert Falten bekam man ein Pfund neue Freiheit, zwei Kilo Übergewicht und drei Gramm Humor, um das alles zu ertragen. Sie wollte Georg ihre brandneue Erkenntnis gerade mitteilen, als er sie grob mit dem Ellbogen in die Rippen stieß. Das Szenario veränderte sich. Neuer Auftritt. Der protzig geflammte Rover der Gellerts fuhr vor wie ein Panzerwagen. RÖHR. Staubwolke. Und dann die beiden wie die Serienhelden. Jung, schön und erfolgreich. Fred ganz lässig in ausgefransten Bermudajeans und Hawaiihemd, Anja in einem rührend altmodischen Baumwollkleidchen im blauen Blümchenlook. Strahlendes Lächeln. «Don Pepe!» Aha, so nannten seine Freunde den Specht. Er hatte seine Haare wieder unter Kontrolle gebracht und gab ihr die Hand.

«Ancha», zum erstenmal schien er Probleme mit der Aussprache zu haben. Blieb auf Distanz. «Gut, Sie zu sehen. Wir haben ein kleines Problem zu besprechen.» Anja versuchte ein paarmal, ihn in spanisch zu unterbrechen, aber er blieb beim Deutsch. Gleichzeitig blökten Gundula, Ingeburg und alle anderen auf Anja ein. Bach, der Specht, stand da wie eine Statue. Da er vorhin seinen Titel nicht genannt hatte, mußte er ein ziemlich hohes Tier sein. Und er kannte Anja auch privat. Anja blieb cool. Schien Fred ein Zeichen zu geben, Fred breitete die Arme aus wie ein Schafhirte.

«Kommt, Leute, laßt uns rüber in die Poolbar gehen. Das Haus spendiert Champagner.» Gundula war sofort dabei, Paul und Katja zögerten, alle anderen rannten erleichtert voraus, nur Ingeburg schien fest entschlossen, ihren Fuß nicht aus dem Zement zu nehmen. Da prallte Freds Charme ab wie Schrot am Panzerglas. Bis Anja sich umdrehte.

«Bitte!»

Ingeburg gab keineswegs auf. Sie gab nur momentan nach. Nora empfand Bedauern. Jetzt zogen alle ab, und sie erfuhr nichts mehr. Die beiden Blaupolizisten standen herum wie die Zinnsoldaten, Anja und der Specht Bach sahen sich an. Schauten kurz zu der abziehenden Gruppe um Fred, bewegten sich dann in die andere Richtung. Als wollten sie Abstand gewinnen. Kamen immer näher an die Mastixhecke heran. Näher. Noch näher.

Gott, jetzt wurde es wirklich peinlich. Ein Liebespaar. Stolpert über zwei alte Lurer. Widerlich.

Sie blieben stehen. Keine Umarmung. Immer noch ein Abstand von gut einem Meter. «Wir haben ein Problem, Ancha. Ein Segelboot, zwei Leichen.»

«O Gott!»

«Es könnte Mord sein.»

12

«Und nun?» Das hatte Anja früh gelernt. Sprich immer in der Sprache, in der sie nicht so gut sind wie du. Es sei denn, du willst etwas von ihnen. Sie hatte es zum erstenmal bei der Iberia probiert. Alle Flüge waren ausgebucht, bis sie englisch sprach. Das war immerhin die internationale Fliegersprache. Sie *mußten* es können. Hier war nun dieser vogelgesichtige Pepe, den sie mal auf einer Party geküßt hatte (meine Güte, geküßt!) und der seitdem nur noch deutsch mit ihr sprach. Als hätten sie die Ehe oder sonstwas gebrochen. Ein Unterwürstchen bei der Kripo, aber weil er mal ein paar Jahre bei so einer Fleischfabrik in Deutschland rumgewurstet hatte, wurde er hier eingesetzt. Man spricht deutsch. Er sprach's wirklich gut. Dieser Arsch! Allein schon die glanzlackierten Haare! Sie wartete ab. Großgrundbesitzerin gibt Domestiken eine Audienz.

«Mord!»

«Bitte?» Sie behielt ihre königliche Haltung. Niemand hatte zugehört. Die anderen folgten Fred. Sie ging ein paar Schritte von ihm weg. Wandte sich dann plötzlich um.

«Mord! Würden Sie die Güte haben...»

«Ja, ja», unterbrach er sie, «ich weiß schon, ich nur dummes Spanier. Aber wir haben da zwei Leichen, ein Boot und Ihre Adresse.»

«Wie??? Was??? Bitte?!» Anja sah ihn nur an, brachte ein paar Tränen in die Augen. «Wenn Sie hier irgend jemand beleidigt hat», sie schnappte nach Luft, «auch einer von meinen Gästen, wissentlich oder aus Dummheit, bitte sagen Sie es mir!»

«Vergessen Sie's. Beantworten Sie nur einfach meine Fragen. Sie kennen Gert und Helene Uchtmann. Ja oder nein?»

«Ja... äh, nein. Entschuldigen Sie», extrem cooles Lächeln. «Pepe», kleine Pause, «ich kenne sie natürlich, nur waren sie hier unter ihren Freundschaftsnamen bekannt. Rosa und Pato. Sie trug immer Rosa oder Pink, und er folgte ihr wie...» Anja bekam sich unter Kontrolle. «Sie sind tot???»

«Sie wohnten hier bei Ihnen.» Feststellung, keine Frage. Anja hatte nicht viel mehr als ihr Lächeln einzusetzen.

«Ja. Sie wohnten hier. Sie hatten einen Bungalow gekauft, wenn auch noch nicht bezahlt. Darüber gab's dann gewisse Auseinandersetzungen.»

«Bungalow?»

«*Villa Luna,* unser schönstes Haus. Sie waren seit drei Jahren bei uns. Fühlten sich hier wohl, wollten hierbleiben. Am Freitag sagten sie, daß sie einen kleinen Segeltörn vorhatten.»

«Da wohnten sie schon nicht mehr bei Ihnen?»

«Doch, sie wohnen hier immer noch. Sie haben das Wohnrecht für die *Villa Luna*. Aber sie waren nicht mehr bei uns. Sie waren abgereist. Sie wollten einen kleinen Segeltörn machen. Um die Inseln. Sie hatten ihr Boot gar nicht hier unten im Hafen.»

«O doch. Ihr Liegeplatz ist bezahlt, die Yacht daneben gehört Engländern. Mit denen hatten sich die Uchtmanns wohl etwas angefreundet.» Er kramte in den vielen Taschen seiner himmelblauen Jacke herum, fand endlich ein ladenneues Notizbuch mit popbuntem Glanzcover. Anja konnte nicht erkennen, was das Bild darstellte, sah plötzlich einen anderen Farbfleck. Pink. Hinter der Mastixhecke. Rosa ausgerechnet und ziemlich groß, Plastik, Abfall, sie sah sich nach Bartolo um, wollte ihn an seine Pflichten erinnern, aber Bartolo war verschwunden. «Am 14. September wurden sie zuletzt gesehen. Sie hatten nur einen kleinen Ausflug vor, am Abend waren sie zum Dinner verabredet. Mit einem Ehepaar...» Blick ins Notizbuch. «Horn. Lutz und Gisela Horn. Das sind doch Ihre Leute, oder?»

«Meine Leute!» Sie merkte, daß sie nah dran war, die Fassung zu verlieren, holte tief Luft. Lächelte. «Pepe, du willst mir doch hier keinen Ärger machen, oder? Schau, diese Leute wohnen hier, einige zur Miete, einige haben ihre Häuser gekauft oder wollen sie kaufen. Wir helfen ihnen, sorgen für Handwerker, ärztliche Versorgung, Übersetzungen oder Kontakte mit Behörden. Aber das ist kein Heim, und sie alle können tun und lassen, was sie wollen. Rosa und Pato waren völlig gesund, soweit ich weiß, und leidenschaftliche Segler. Allerdings langweilten sie sich hier und sprachen öfter davon, auf eine der anderen Inseln oder aufs Festland zu ziehen. Deshalb habe ich mir auch keine Sorgen gemacht, ich vermutete sie auf einem Inseltörn.»

«Jetzt, wo die ersten Herbststürme schon beginnen? Und Horns?»

«Meine Güte, eine Verabredung zum Essen! Ich dachte, Gisela hätte mal wieder die Tage verwechselt.»

Pepe Bach schien auch zu dem rosa Fleck hinter der Hecke zu starren, drehte sich plötzlich wieder zu ihr. «Sehr praktisch. Die Engländer vermuteten nämlich, daß die beiden wieder hierher zurückgekommen seien und ihr Boot, wie vorher wohl auch schon, gleich unten im kleinen Fischerhafen liegen hätten. Das dürfte peinlich werden, den Angehörigen zu erklären, wieso ein älteres Ehepaar einfach zwei Wochen lang verschwinden konnte, ohne von jemandem vermißt zu werden.» Er wußte also noch nicht, daß sie keine Kinder, keine Familie hatten, niemanden außer einem alten Schwager irgendwo. Anja hatte keine Mühe, Tränen zu produzieren.

«Das ist alles so schrecklich», sehr leise, «wie... wie ist es passiert?» Sie schniefte. Mist, kein Tempo, aber wer dachte schon an Taschentücher bei der Hitze! Pepe, der Caballero. Blütenweiß mit zartblauem Monogramm. Sie tupfte sich damenhaft die Tränen ab und vermied es tunlichst, hineinzuschneuzen. Wie hätte er das seiner Mama erklären sollen? «*Gracias*», lächelte sie unter Tränen. Sah, daß Pepe, der Spanier, vor der schwachen Frau hinschmolz, und sah hastig weg.

«*Muy malo*», er räusperte sich verlegen, «ziemlich schlimm. Die Leiche des Mannes hat ein Surfer entdeckt. Das war vor einer Woche. Die Frau», er holte tief Luft, «erst vor drei Tagen. In einer kleinen Bucht auf der anderen Seite. Kinder haben sie beim Schnorcheln gefunden... Sie sah nicht sehr... ich meine, wir konnten sie nicht gleich identifizieren. Sie hatten keine Papiere mehr bei sich. Ihre Segeljacke hatte ein holländisches Etikett, das führte uns auf die falsche Spur. Erst das Boot. Die wenigen Reste des Bootes. Sie steckten tief in einem Spalt. Calo d'es Mort. Dieser verlorene Felsbrocken da draußen auf der Nordseite. Kein

Mensch, kein Schiff fährt dorthin. Nicht mal wilde Ziegen gibt es dort. Riffe, Untiefen. Jede Menge Warnbojen. Das eben ist so seltsam, verstehen Sie.» Seine Stimme wurde wieder fester, er betrat vertrauten Boden. «Wenn sie Probleme mit dem Boot gehabt hätten, ein Leck, eine Havarie, was auch immer, die Trümmer oder das gekenterte Boot wären entweder abgetrieben worden oder mit der Brandung an der Küste gelandet. Im Süden und Osten ist ständiger Fährverkehr, Tausende von Surfern und Segelbooten. An der schroffen Westküste haben wir schon oft Wracks und Trümmer von Booten gefunden. Aber der Norden...» Er machte einen Schritt auf sie zu. Wieder leise: «Das sieht aus, als hätte jemand absichtlich das Boot dort verstecken wollen!» Er berührte plötzlich ihren Arm. «*Entiendes?*»

Weiß Gott, sie verstand. Mario, du Stück Scheiße. Ganz herzlichen Dank. Sie hatte also richtig vermutet. Dieses blöde Boot war ganz plangemäß an der Westküste in die Felsen geknallt. Und hatte dort offensichtlich die Wege von Mister Mario gekreuzt. Anja bekam plötzlich weiche Knie, schwankte, Pepe fing sie auf. Verstand nichts, glücklicherweise. Hielt sie. Der starke Matador. «Es ist leider noch nicht alles. Du wirst...» Er stockte wegen dem kühnen «Du» oder wegen dem, was er noch zu sagen hatte: «Du wirst sie identifizieren müssen.» Sie nickte tapfer.

«Allein?»

«Der Konsul wird dabeisein. Und ich.» Ein fester Druck seiner Arme. Sie lehnte kurz ihr schluchzendes Köpfchen an seine Schulter. Er würde ihr helfen. Der leidenschaftliche und treue Spanier. Treu bis in den Tod. Oder bis zu Mario. Mario hatte sie gekauft, sie alle, auch Pepe. Da hatte sie keine Chance. Aber die anderen, der Konsul, Interpol vielleicht, aber nicht wahrscheinlich, sie alle würden den Fall alltäglich, unwichtig und der Mehrarbeit nicht wert finden, wenn nicht die Spanier zuviel Wind machten. Anja hakte sich schutzsuchend bei ihm ein und ließ sich von ihm zu seinem Auto bringen.

«Ja. Natürlich. Wenn du dabei bist, ist es gut.» Ersterbende Stimme. Oder die Presse. Ein BILD-Reporter hier, und alles rotierte. Aber das war keine Gefahr. Keine wirkliche Gefahr. Nicht so wie Mario. Weil er sich nicht an die Spielregeln hielt. Macht und Geld und keine Regeln.

Stop.

Anja blieb plötzlich stehen und machte sich von Pepe Caballero Bach los, beantwortete seinen verwirrt-verletzten Blick mit leichtem Kopfnicken in Richtung Poolbar, das verstand er. Manchmal war es wirklich von Vorteil, verheiratet zu sein. Neben dem Polizeiauto standen immer noch die zwei Zinnsoldaten. Also lief jetzt alles wieder offiziell weiter. Anja setzte sich neben Pepe und schob ihm das tränennasse Taschentuch zu. Er nahm es ebenso verstohlen und drückte ihre Hand. Indianerschwur. Wenn du mich abschreiben läßt, dann darfst du mal hinfassen. In der Karre stank es nach schwarzem Tabak und alter Kotze. Die Fenster klemmten, unter den Sitzen stachen verrostete Federn hoch. Der Kerl am Steuer (er war bisher nicht aufgetreten und sah aus wie zwölf) fuhr wie die wilde Maus auf dem Oktoberfest. Immer direkt volle Pulle auf die Kurve zu und dann alles rumgerissen. Oder eine Karte mit Trauerrand für die Hinterbliebenen. Anja merkte es kaum. Sie klammerte sich an Pepe fest, wenn der Wagen sich neigte, und er nutzte die Stunde. «Pepe Carvalho», murmelte sie einmal, weil sie wußte, daß ihn der Vergleich mit dem berühmten Literaturdetektiv aus Barcelona glücklich machte, und ließ ihre kleinen grauen Zellen arbeiten.

Es gab sehr wohl eine Spielregel für Mario.

Der Deal.

Und sie hatte etwas, das sie ihm anbieten konnte. Das Wissen über das seltsame Versteck in der Felsküste d'es Mort. Denn das war klar, dort irgendwo war sein Versteck, seine Höhle. Und sie würde sie finden. D'es Mort. Klang tödlich. Adios, Mario.

13

Nora stöhnte vor Schmerzen auf. Gott-o-Gott-o-Gott-o-Gott!!! Das verdammte Bein wollte sich nicht mehr geradebiegen lassen. Scheißknie! Gott, tat das weh! Arthrose, Arthritis, Lähmung, Rollstuhl, Siechtum und endloses Alter. Georg stand einfach auf und half ihr hoch. Er war doch älter, wenn schon! Na warte nur, Alzheimer würde ihn heimsuchen. In seiner bösesten Form! Sie stand endlich, und die Schmerzen ließen nach. Nein, lieber Gott, ich hab's nicht so gemeint. Verschone mich von dem Übel. Sie massierte das Knie und dachte an alle die blutjungen Tennisspieler. Bei ihr knackte es nur lauter in den Knochen. Und keiner zahlte ihr Millionen. Gott, diese Anja hatte sie direkt angestarrt. Direkt durch die Hecke hindurch. Und auch dieser gelglatte Bullenspecht hatte mal so genau hergeglotzt, daß sie das Weiße in seinen Augen sehen konnte. Unschuld? Falle? Nora war's egal. Heim, eine kalte Dusche und weg von hier. Das war alles viel zuviel. *Much too much.* Georg würde ihr vor Wonne die Füße küssen. Sie drehte sich lächelnd zu ihm hin. Er sah nicht aus wie einer, der Füße küssen will. Im Gegenteil, er sah aus wie der kleine Junge, der gerade Muttis Lieblingshuhn den Kragen umdreht. Er grinste.

«Bartolo!»

Bartolo war plötzlich aufgetaucht wie der Geist aus der Flasche. Auch er grinste. Verhalten spanisch. «Kommen in Poolbar. Gutt Drinks!» Er sprach ein so beknacktes Pidgin-Deutsch, daß es falsch sein *mußte*. Vermutlich war er ein arbeitsloser Germanistikprofessor oder so was. Nora erkannte immer mehr, daß hier so gut wie nichts war, wie es schien. Andererseits hätte sich Georg dann niemals so gut mit Bartolo verstanden. Er haßte Professoren.

Die zwei schienen ein Herz und eine Seele. Sahen sich von hinten fast ähnlich, beide etwas untersetzt, schlechtsitzende Hosen und runtergelatschte Espadrilles. Sie sprachen in einer deutsch-spanischen Mischsprache über Fußball, das Wetter und den Wein, und nur ab und zu drehte sich Bartolo zu ihr um, um zu sehen, ob sie ihnen auch brav folgte. Zeigte dann wie ein Museumsführer auf irgendein Detail, wie die Rezeption oder eine Treppe. Das Haus schachtelte sich in verschiedenen Höhen um einen Innenhof herum, in einem kleinen Lichthof wuchsen Yuccas, Gummibäume und zartweiße Porzellanblumen. Wieder eine Treppe, ein neuer Bogen. Der Innenhof schien gewaltig, aber das lag nur an der raffinierten Anlage, verschieden lange Seitenteile, Palmen und üppige Bougainvillea verdeckten die Mauern, hinter denen die Schrägen der halboffenen Treppenhäuser zu sehen waren. Die Treppen waren gleichzeitig Schallisolation für die Apartments, die mit Fensterfronten und Terrassen nach vorne auf den Pinienwald und die Küste gingen. Das alles wirkte luxuriös (das irritierte sie) und logisch genau durchdacht (das imponierte ihr). Der Pool lag relativ klein wie ein türkises Auge zwischen Gruppen von weißen Tischen und Stühlen und einer tief überdachten Bar. Gegenüber gab es zwei Duschen und zwei Außenklos, in einer Ecke stapelten sich blaue Sonnenliegen.

Als sie durch den Verbindungsbogen kamen, wandten sich ihnen alle Gesichter zu. Nora kam sich vor wie die Neue in der Klasse. Iris stand hinter der Bar und würgte gerade den Korken von einer neuen Champagnerflasche. Kicherte, als die Hälfte danebenging. Die Männer hockten ausnahmslos an der Bar. Gerd Brevor, steif wie ein Ladestock, Paul Kaufmann, mühsam mit seinen zu kurzen Beinen das Gleichgewicht suchend, und der dicke Lutz Horn wie ein Frosch auf dem Hocker. Die drei dazugehörenden Damen saßen ihnen zu Füßen an einem kleinen Bistrotisch, ihre Täschchen zwischen den Sektgläsern. Hanne Brevor, bereits (oder noch) leicht aufgelöst, Katja Kaufmann, mager und eingefallen und nach ihrem immer noch vollen Glas gierend, und Gisela Horn, genüßlich schlürfend, die zellulitischen Beine entspannt von sich gestreckt. Nur zwei standen. Brillentochter Ingeburg, die gerade zwei Gläser Tee vor ihre Eltern stellte, und Gundula Hennewein, die vor dem Ganzen aufragte wie ein Colonel der Fremdenlegion in Al Alamain.

«Willkommen in der *Residencia del Sol*», knarzte sie tonlos, «auch wenn der erste Tag nicht so erfreulich ist wie alle die anderen.»

«Laß diesen billigen Sekt stehen, Mama!» zischte Ingeburg. «Der ist Gift für deine Leber!»

«So billig ist er nicht», dröhnte der dicke Lutz, «Cava Cordoníu Brut Extra kann sich mit jedem Franzosen messen.»

Georg wurde von Bartolo gleich mit hinter die Bar genommen, Nora blieb etwas verloren stehen. Gundula stakste auf sie zu. Stellte ihr noch mal alle Leute vor.

«Fast jedem, mein Freund, fast jedem!» Gerd gab Widerworte. Gisela gab Iris ein Zeichen, die daraufhin Chips und Erdnüsse rausreichte.

«Wollen Sie an einem Tisch sitzen oder an der Bar?» donnerte Gundula. Nora zuckte zusammen.

«Oh. Ah. An der Bar.» Das garantierte Überblick und einen Hauch von Verruchtheit. Sie schwang sich auf den Hocker neben Paul, bereute das sofort, da sie damit verdammt nah an diese Feldwebeltochter kam. Gundula baute sich dicht neben ihr auf. Drückte ihr ein volles Glas in die Hand, knallte ihres dagegen, daß der Inhalt schäumte. «Schön, daß ihr hier seid. Ich bin Gundula.» Nach diesem donnernden Dekret versank sie schluckend in Schweigen, um so lauter hörte man die scharfe Stimme von Ingeburg.

«Papa! Ich hab's genau gesehen!»

«Ich mag keinen Tee, verdammt!» Und alle sahen zu, wie Paul Kaufmann seinen Tee in den Swimmingpool kippte. Er hätte gern die ganze Tasse reingepfeffert, aber so weit war er noch nicht. Gerd Brevor und die Korns klatschten. Mama Katja wurde vor lauter Peinlichkeit ganz fleckig unter ihrer Bräune. Der Tee in dem klaren Wasser sah aus wie Pisse.

«Also, Kinder, hört mal alle her!» Georg erschien hinter der Bartheke wie der Kasperl im Theater. Und genauso reagierten sie auch alle. Erleichtert und allein schon durch die Anrede äußerst erheitert, kicherten sie, lachten, waren auf seiner Seite. Er hob sein Glas. «Erst mal möchte ich euch sagen, wie froh ich bin, hier zu sein. Um's ganz ehrlich zu sagen, erst wollte ich nicht. Fand alles gräßlich. Hatte es daheim in München viel schöner. Richtig gemütlich mit Freunden und Kinos und Bibliotheken. Aber der Chef hatte sich anders entschieden.» Er deutete auf Nora. Alle sahen sie an, grölendes Lachen. Sie hätte ihn erwürgen können. Vierteilen, hängen und köpfen. Witze auf ihre Kosten in der Öffentlichkeit waren sonst nicht sein Stil. Hatte er sich so immer bei Schuljahresbeginn in den neuen Klassen durchgesetzt? Auf Kosten der Schwächeren unter den Schülern? Einmal Lehrer, immer Lehrer? Sie schwor ewige Rache.

«Und das war gut so.» Plötzlich Sahne in der Stimme: «Sie war mutiger als ich. Eindeutig. Denn sonst wären wir nie hier bei euch gelandet.» Er gab ihnen eine kleine Pause, hob dann sein Glas. «Ich trinke jetzt auf die Liebe. Und auf die Freundschaft!» Jubel. «Und auf unsere Zukunft!» *Standing ovations.* Er hatte sie. Das war schon beeindruckend. Die Männer sprangen auf, um auf ihre Rechnung neue Flaschen und Tapas zu bestellen.

«Was ist das für ein Gefühl», röhrte Gundula plötzlich in ihr Ohr, «mit so einem Mann zu leben?»

Sie antwortete nicht. Sah am Tisch der Kaufmanns eine Krise hochplustern. Gundula beugte sich dicht an ihr Ohr, und Nora hätte schwören können, daß sie nach Whisky roch. «Immer im Schatten stehen. Das müßten Sie nicht, Schätzchen. Sie müßten nicht im Schatten eines Mannes stehen.»

«Ach, Gundula», hinter ihr machte Gerd seinen Hocker frei, und Nora rutschte hastig einen weiter, lächelte, «in der Wüste ist ein bißchen Schatten manchmal recht angenehm.»

«Nein, Mama, nein!!!» Schrille Stimme, alle schauten zu, wie Tochter Ingeburg Mama Katja das Sektglas aus der Hand winden wollte. Der Inhalt war längst auf die pastellfarben satinierte Freizeitbluse gekleckert, aber Katja wollte sich das Glas nicht nehmen lassen. Hielt es verbissen schweigend fest, während Ingeburg keuchend alle Tricks anwandte, Finger wegbog und Pulsadern abkniff. Papa Paul schnappte nach Luft wie ein Karpfen.

«Schluß jetzt!» Georgs Stimme hallte von den drei Patiowänden wider, er knallte die flache Hand auf den Bartresen. Alle zuckten zusammen und hielten die Luft an. Der Lehrer und die Schülerreflexe. Sogar Ingeburg erstarrte. Georg beugte sich über den Bartresen, es war die perfekte Bühne für ihn. Das dunkelrote Mahagoni, sein volles graues Haar und alle die Flaschen dahinter in den Regalen. «Laß das Glas los!» Ingeburg hielt immer noch das Glas von Katja umklammert, Katja ließ nicht los. Katja hielt den Kopf gesenkt, ließ nicht los, Ingeburg ließ auch nicht los, starrte ihn an. «Laß es sofort los!» wiederholte Georg leise. «Sofort!»

Das Wunder geschah, sie ließ es los. Und als müßte sie sich sofort dafür rechtfertigen, ging sie auf Georg los. «Das geht Sie überhaupt nichts an. Es ist meine Mutter. Und ich muß sie beschützen. Vor sich selbst.» Sie reckte das Kinn hoch und sah aus wie eine traurige Karikatur der heiligen Johanna. Georgs Stimme legte Samt an.

«Das ist nicht *deine* Mutter. Das ist Katja, eine erwachsene Frau. Kannst du das nicht akzeptieren?»

«Sie haben doch keine Ahnung!» schnappte sie, die anderen hielten die Luft an.

«Doch, ich habe selber eine Tochter. Sie ist dir nicht unähnlich. Und ich war ihr kein guter Vater.»

Pause. Das hatte sie nicht erwartet. Sie pumpte, aber Georg war schneller. «Und deine Eltern? Haben sie dich zu kurzgehalten? Fehler gemacht? Sich nicht um dich gekümmert? Dich unterdrückt?»

«Ja!!!» Gift, Galle und Gülle.

«Und jetzt willst du dich rächen. Dabei bist du doch intelligent. Du weißt viel mehr. Du bist in eine andere Zeit geboren. Du hast alle Chancen, es besser zu machen. Und machst es ebenso?!»

«Sie sind alt. Krank und alt und hilflos!» Spucke, Pest und Cholera.

Georg lächelte immer noch milde, sah zu den erstarrten Eltern Paul und Katja hinüber, dann wieder zu Ingeburg. Es war jetzt vollkommen still, bis auf das Surren der Umwälzanlage und das Sirren der Zikaden. Georg zog die Pause hin. Sein Lächeln wurde schmerzlich. «Ja, sie sind alt. Sehr alt. Vielleicht sogar älter als ich. Auf alle Fälle aber älter als du. Und du bist jung. Mitte Dreißig vielleicht. Oder? Na ja, so jung ist das auch nicht mehr. Keiner von uns ist zwanzig. Das ist mal klar. Frage ist jetzt, wer von uns hilflos, krank und/oder verblödet ist. Du meinst: deine Eltern!»

«Ich habe nur gesagt...»

«Du meinst, sie sind zu blöde, den Arzt zu verstehen, im Winter ihre Socken anzuziehen und einen Scheck zu unterschreiben. Oder?»

«Meine Mutter hat...»

«Probleme. Sieh sie doch nur an! Wolltest du das? Deine Mutter fertigmachen? Mit Kräutertee in den Tod kujonieren? Ist es das, was du willst? Warum kümmerst du dich nicht endlich um dein eigenes Leben?»

«...einen Le-ber-schaden!» beendete sie ihren Satz mit Akzent.

«Gut.» Georg trank sein Glas aus, obwohl er das Kribbelzeug haßte. «Hab ich auch. Und es ist *meine* Sache, darüber zu entscheiden. Klar. Wir hier sind alt, älter als du, aber nicht blöd. Und keine Kinder! Halte dich bitte aus unsern Lebern raus!»

Brausender Applaus. Ingeburg war nicht überzeugt, das war deutlich. Für sie war es eher eine neue Bestätigung. Aber Katja stand auf, kam an die Bar. Georg stützte sich auf die Theke, es sah aus, als wollte er rüberhechten, ließ es aber, als Nora ihn ansah. Grinste, zwinkerte. Genoß es, der neue Guru zu sein. «Also, Kinder, kommt mal alle her. Wir haben ein Problem, oder?»

Sie bewegten sich nicht. Bartolo hatte eine neue Kiste Sekt angeschleppt, Iris briet Tomaten, Leber, Zwiebeln, bestrich kleine Brote und radelte Olivendosen auf. Seufzte. Fiesta war angesagt. Georg nahm Iris eine frische Flasche ab und schenkte allen nach. Bartolo hatte eine zweite für die Leute an den Tischen. Alle schauten zu Georg in seiner Kasperlebühne. «Tja, Kinder, so ist es nun mal. Zwei Menschen sind tot. Und ihr habt sie alle gekannt. Sie waren in unserem Alter und sind nicht mehr bei uns.» Er merkte sofort, daß Ingeburg etwas sagen wollte, und kam ihr zuvor. «Sie waren erwachsene Menschen, und sie sind hinaus in den Herbst gesegelt. Sie sind tot. Das gleiche hätte auch jungen Menschen passieren können. Es geschieht jeden Tag. Das ist das Risiko, das wir Leben nennen.»

«Es war Mord!» Ingeburg hatte sich auf ihn eingeschossen, es schien ihr nun auch so etwas wie Spaß zu machen. Georg blieb freundlich.

«Mord???»

«Ja. Sie wurden betrogen und nicht ausreichend beaufsichtigt.»

«Be-auf-sich-tigt!» Georgs Stimme konnte zu saalfüllenden Höhen aufsteigen. «Ja, wer sind wir denn? Ein Haufen Debiler, oder was? Rosa und Pato Uchtmann waren zwar schon über dreißig, aber äußerst gesund und dazu noch sehr erfahrene Segler. Wie, meinen Sie, hätte man sie beaufsichtigen sollen? In Zellen?»

Jubel. Endlich bekam sie ihr Fett ab. Ingeburg wurde nun richtig böse. Sie fuhr auf Georg los. «Und Sie? Übernehmen *Sie* die Verantwortung, wenn meinen Eltern etwas passiert???!»

«Nein.» Klare Frage, klare Antwort. «Jeder trägt die Verantwortung für sich selbst. Ich. Und Ihre Eltern. Und Sie auch. Wenn Sie das doch bitte endlich begreifen wollten!»

Jubel, Lachen, neue Flaschen. Iris brachte Tabletts mit kleinen Broten heraus. Sandwiches, sagte sie mit vielen Zischlauten. Alle griffen zu, keiner sagte etwas. Plötzlich wieder matt.

Sie schienen alle gelähmt. Paralysiert. Weggetreten. Entmündigt. Warteten darauf, daß Guru-Georg neuen Schwung gab, neue Anweisungen. Er schaffte es doch immer wieder. In München war es Nora schon lang nicht mehr aufgefallen, so sehr war sie daran gewöhnt, daß sie alle in ihr Haus kamen, sich um ihn scharten, ihn um Rat fragten, ihn liebten und bewunderten. Dort war sie immer mit einbezogen gewesen. Immerhin zuständig für Lammbraten *provençale*, Sorbet von Pampelmusen oder Poularde im Salzmantel. Und auch hie und da praktische Probleme. Hier war sie eins von diesen neuen alten Kindern im Kasperletheater. Er sah hilfesuchend zu ihr hin. Sie lächelte. Ja, schau selber, wie du da wieder rauskommst, sie wandte leicht den Kopf, sah haarscharf an ihm vorbei und mimte Aufmerksamkeit. Er mußte sich was einfallen lassen, alle schluckten, mümmelten, schwiegen. Warteten auf die Pointe.

Das Leben war ungerecht. Nora hätte ihm eine Lektion gegönnt. Einen kleinen Reinfall oder wenigstens die Mühe, seinen so kühn begonnenen Angriff fortzusetzen oder auf sein eigentliches Thema zurückzukommen. Wie so oft half ihm das Schicksal. Fred Gellert tauchte auf. Und zwar nicht etwa als Zuschauer im Patio, sondern irgendwo aus dem Inneren des Hauses hinter der Bar. Nora sah jetzt, daß sich hinter der Bar noch ein weiterer Raum befand, breite Rattansessel mit bunten Leinenpolstern, Farbfernseher, Videogerät, Stereoturm und ein großes Regal mit Kassetten, CDs und vielen alten LPs. Fred stand plötzlich hinter Georg, und Georg hätte nichts gehört, wenn Iris ihn nicht am Ellbogen berührt hätte. Er fuhr herum. Starrte Fred einen Moment lang an, bis er begriff, daß nicht Fred, sondern er selber hier auf fremdem Terrain war. «Ah, da sind Sie ja», brachte er mühsam munter heraus. «Wir haben sie schon vermißt.» Fred machte es ihm nicht eben einfacher. Er stellte sich neben Georg, überragte ihn, strotzte vor Jugend und Gesundheit. Schwieg. Schaute suchend in den Patio hinaus. Nahm sich ein Glas und schenkte es voll. Wandte sich an Bartolo:

«*Donde esta?* Anja?» Bartolo putzte voller Hingabe das Grillgerät, hatte offensichtlich sein Gehör verloren. «Iris!» Fred zischte ihren Namen, bevor sie sich auch abwenden konnte. «Wo ist Anja?» Iris sah ihn aus kugelrunden Blauaugen an und hob mit einer sehr spanischen Geste Schultern und Arme. Fred gab nicht auf. «Hat sie denn nichts gesagt? Sie muß doch etwas gesagt haben! Wo sie ist!»

Das war Georgs Stichwort. Er mußte nicht mal die Stimme heben. «Im Leichenschauhaus.»

14

Sie durfte nicht hinschauen. Nur so tun als ob. Das konnte ja kein Mensch aushalten. Allein, was sie mit dem ersten flüchtigen Blick gesehen hatte. Luft!!! Die Fenster waren offen, drei Ventilatoren arbeiteten, und in einer Ecke stand auch so ein Apparat für Aircondition. Es war auch deutlich kühler als draußen, aber es stank. Es stank ganz bestialisch. Nach Algen, faulem Fisch, verrottetem

Tier. Nicht weiterdenken. Gar nicht denken. Wo war dieser Arsch von Pepe? Ließ sie hier allein. Vom Konsulat war nur ein dünner Junge in Designer-Bermudas und dunkler Jacke gekommen, hatte ein paar Papiere überbracht, schnell spanisch etwas geregelt und war wieder verschwunden. Anja wußte, daß er nicht wirklich weg war. Er stand mit den anderen hinter ihr. Es war nicht wie im Kino. Da zogen sie in einem Kühlraum eine Schublade aus der Wand. Ein verständnisvoller Sergeant lüftete kurz das Laken, das war's. Aber hier standen nur zwei Zinksärge. Auf Blocksteinen. Die Deckel waren halb zurückgeklappt. Warteten darauf, endlich zuzuschnappen, für immer. Anja sah nur das Pink und Gelb der Windjacken. Der Reste von Windjacken. Sie hätte einfach nur reinschauen sollen und ja sagen. Sie hatte gezögert. Jetzt wollten sie Bestätigung. Waren das auch wirklich Rosa und Pato? Anja konnte nicht. Nicht noch einmal in diese wäßrigen Reste einer menschlichen Existenz schauen. Diese runzligen Fischfalten um die deutlich sichtbaren Schädelknochen, das Wasser im Sargboden, die verschrumpelten Augenöffnungen über den grotesk geblähten Backen, die gequollenen Leiber, die die Risse der Goretex-Jacken zu sprengen versuchten. Sie merkte, daß ihr schlecht wurde, Farben und Umrisse verschwammen vor ihren Augen, sie schwankte. Aber niemand sprang ihr zur Seite, niemand reichte ihr helfend den Arm. Sie richtete sich steif auf und drehte sich um. Ging an den Schatten der wartenden Männer vorbei hinaus, die Treppen hinauf, in die Sonne.

Der Geruch folgte ihr. Ein uralter Pegaso-Lastwagen mit Stapeln klirrender Cola- und Fanta-Kisten rüttelte unten auf der Straße vorbei und nebelte die ganze Gegend mit ölig schwarzen Dieselwolken ein. Anja holte tief Luft, erstickte fast, es war zu spät. Der Geruch saß schon in ihr drin, in ihren Kleidern, Poren, Nasenschleimhäuten.

Dann tauchte endlich Pepe Bach auf, gleich hinter ihm der Konsulatsknabe, der sich vorhin als Hinnerk von Irgendwas vorgestellt hatte. Er hatte einen Packen Papiere bei sich, ordentlich in verschiedenfarbige Schnellhefter geordnet, Regenbogenfarben statt schwarzem Diplomatenkoffer. Er bat sie, mit in sein Büro zu kommen, man mußte die nächsten Angehörigen verständigen, Formulare ausfüllen, das Nötigste erledigen. Pepe wollte abhauen, aber sie hielt ihn an seinem himmelblauen Ärmel fest. Setzte sich mit in sein Auto, dann folgten sie Hinnerk auf seiner kleinen roten Honda Yupi die drei Blocks zum Konsulat.

Vor zwölf Jahren, als sie zum erstenmal hergekommen war, hatte sie die ganze Mannschaft gekannt. Damals war Spanien noch nicht in der EG, und es hatte viel Papierkrieg gegeben, bevor sie die *Residencia* endlich anleiern konnten. Heute war alles neu. Eine Etage im Hochhaus statt der alten Villa im Palmengarten, drei Computer statt der Vorzimmerdame (aus vormals besseren Kreisen) und Hinnerk Von als Urlaubsvertretung. Sein Büro war nicht viel größer als ein Aktenschrank und auch nicht viel üppiger möbliert. Es gab Telefon und Fax und einen Stuhl für Anja. Pepe klemmte eine Arschbacke auf die Ecke des Kopierers und ließ einen Schwall *Catalan* los. Und siehe da, Hinnerk sprach es. Er sprach katalonisch, und nun wurde alles klar. Beide beugten sich über die Papiere, signierten, stempelten, waren sich einig, hatten sie vergessen. Anja starrte auf ein sehr schmeichelhaftes Foto von Kohl an der Wand und versuchte etwas anderes zu riechen als Verwesung. Sie wußte nicht, wieviel Zeit vergangen war, bevor sich die beiden an sie wandten.

«Ancha, es gibt ein kleines Problem. Uchtmanns hatten, so scheint es, keine nahen Verwandten. Da ist nur die Adresse eines Bruders, nein, Bruders der verstorbenen Schwester von Helene Uchtmann. Wie sagt man?»

«Schwager», half Hinnerk. «Und wir müssen ihn anrufen. Ich meine, er ist der Erbe. Vielleicht will er eine Überführung?»

Sie wählten die Nummer für sie, Hinnerk verwählte sich zweimal – das baute sie etwas auf; als er ihr den Hörer gab, glitschte er ihr fast aus der Hand. «Hallo? Hallo?» Die Verbindung war gestört, oder dieser Schwager hatte eine extrem hohe Stimme. Ganz offensichtlich war er verkalkt, wiederholte sich dauernd, verstand nicht, was sie sagte, auch wenn sie schrie, dann war die Verbindung unterbrochen, diesmal wählte Pepe, als habe sein Finger mehr Autorität. Nach dem Gespräch war Anja schweißgebadet und hatte das Gefühl, Stunden wären vergangen. Auf der häßlichen Küchenuhr über Hinnerks Schreibtisch waren es nur zwanzig Minuten. «Es ist ihm egal.» Sie nahm eine von Pepes schwarzen Zigaretten an, bevor sie die Dunhill-Zigarillos von Hinnerk bemerkte. «Er will nichts damit zu tun haben, außer es gibt ein Erbe.»

«Haben Sie ihm gesagt, daß, falls kein Testament existiert, der Besitz in Spanien an den Staat fällt?» Hinnerks Stimme neigte zum Umkippen, das Rauchen machte es nicht besser. Anja stand auf.

«Es ging doch wohl erstrangig um die Bestattung, oder? Rosa und Pato waren gern hier. Dieser Schwager erhebt keinen Anspruch. Sagt man so? Ich finde, wir machen es hier. Wenn's irgend geht auf dem kleinen Dorffriedhof. Ein Grab, keine Schublade. Wenn Sie da helfen könnten, wäre ich Ihnen sehr dankbar.»

«Oh... ein Grab...» Hinnerk versank in einer Wolke dunklen Grübelns. Probleme, Arbeit, Papiere! Pepe sprang mit schnellem *Catalan* ein, Hinnerk strahlte, das also schien geklärt. Anja entspannte sich etwas. Sie mußte schließlich auch an die anderen denken. Für Deutsche waren diese spanischen Schubladengräber ziemlich suspekt, die romantischen Dorffriedhöfe hingegen hatten etwas Einladendes.

Geschafft. Sie schüttelte Hinnerk die Hand, bedankte sich überaus herzlich, ließ sich von Pepe hinausbringen in das grelle Mittagslicht. «Es war ein Unfall», sagte Pepe, «die Trümmer des Bootes haben nichts anderes ergeben. Bei der Autopsie wurde kein Gift gefunden, keine Drogen. Zwei alte Leute haben ihre Kräfte überschätzt und sind zu weit hinausgesegelt. So etwa wird es im Bericht heißen.» Er blieb bei seinem Auto stehen. «Es gibt gleich hier um die Ecke ein baskisches Restaurant, frische Meeresfrüchte, sogar Flußkrebse, kommst du mit?»

«Ich kann nicht, Pepe Carvalho», sie lächelte und gab ihm einen dezenten Kuß aufs Kinn, «ich muß zurück zu Fred und den anderen.» Schmalz in den Blick. «Ein andermal, okay? Ende der Woche? Und tausend Dank für alles.» Er fand es nicht okay. Anja sah sich kurz um, dann kniff sie ihn in den Sack. «Hey, mach nicht so ein Gesicht. Lunch ist langweilig. Dinner, hm?» Er zuckte nicht zurück, nur die Haut über seinem Vogelgesicht spannte sich. Auch er sah über die Schulter, bevor er blitzschnell ihre Hand packte und sie auf die deutliche Schwellung seiner Hose drückte. Zog die Hand hoch, drehte sie brutal um und küßte die Innenfläche. Ließ ebenso plötzlich wieder los.

«Gut. Wir bleiben in Verbindung.» Er wandte sich zum Gehen, zögerte, strich unsichtbare Falten aus seiner treviraglatten Freizeitjacke. «Was mich noch interessieren würde, wie steht es denn jetzt mit dem Besitz der Uchtmanns? Sie haben doch eins eurer Häuser gekauft, oder?»

«Mietkauf», sie versuchte ein Taxi heranzuwinken, nachdem Pepe keine Anstalten machte, sie zurückzufahren. «Sie haben eine Anzahlung gemacht, die abgewohnt und sind dann ausgezogen. Ich glaube, sie wollten sich auf einer der anderen Inseln etwas Billigeres suchen.» Ein völlig verrostetes Seat-Taxi fuhr vorbei, bremste dann mühsam und kam zurück. Der Kofferraumdeckel war mit Schnur festgebunden und gab bei jedem Hopser den Blick auf die Butangasflaschen frei, mit denen es fuhr. Der pockennarbige Fahrer schien Pepe Bach zu kennen, grüßte servil, Pepe lächelte. Sprang vor und hielt ihr die hintere Tür auf.

«Womöglich hast du durch diesen Unfall Verluste erlitten?» Seine Stimme blieb glatt und höflich. Anja quetschte sich in das kleine Auto und klemmte sich auf den steinharten Sitz. Vermutlich hatte der Idiot die Batterie da unten. Vermutlich würde sie zu schmoren beginnen und das Gas in Brand setzen.

«Ich weiß nicht», sagte sie leise, «ich habe die Papiere noch nicht durchgesehen.»

«Du hast diese Zahlen nicht im Kopf?»

«Nein. Aber wenn es dich interessiert, kannst du dir gern die ganzen Unterlagen ansehen.»

«Ah!»

Widerlich. Mit einem einzigen Vokal äußerte er Staunen, Wissen, Verachtung und Drohung. Anja setzte sich heftig zurück, stieß sich den Rücken an einer der hinten eingeklemmten Gasflaschen und fauchte auf. «*A la Resi* ...» Weiter kam sie nicht.

«*Lo sé*», der Pockennarbige drückte das Gaspedal durch. Grinste zahnlos in den Rückspiegel. Hatte mindestens achtzig auf seinem aggressiven Buckel. Wußte auch alles. Beschissene Machos.

15

Sie sahen beide aus, als wäre ihnen die schwarze Katze über den Weg gelaufen. Sie hatten sich geduscht, gesalbt und umgezogen und sahen aus wie das Paar des Jahres. Anja in einem zitronengelben Hosenanzug aus Knitterseide, Fred in frischen Designer-Jeans und einem schwarzen T-Shirt, *stonewashed* nannten sie das heute. Nora hatte so was mit ihrer Waschmaschine in München spielend geschafft. Oft sogar. Normalerweise hätte sie ihre Gedanken laut ausgesprochen, und alle hätten gelacht. Aber an Fred und Anja war etwas Düsteres, Verkrampftes, daß sie einhalten ließ.

Georg saß in sich zusammengesunken am Fenster und schien über ein höchst schwieriges philosophisches Problem nachzugrübeln. In Wirklichkeit hatte er am Vormittag zuviel von diesem Kribbelzeug getrunken, und die Siesta war zu kurz gewesen.

Das Büro der Gellerts war auch nicht besonders gemütlich, brütend heiß, selbst jetzt, Ende September, aber nach allen Seiten ein Blick von unvorstellbarer Schönheit. Die Insel, die Buchten, die Felsküsten und Strände und alle die kleinen vorgelagerten blauen Felsknöpfe im türkis-violetten Meer. Dampfer, Segelboote, weit hinten dann im Dunst der Horizont als weißer Strich und danach Afrika. Oder irgendein anderes Land. Nora saß steif auf einem der blauen Regiestühle, die fürs bequeme Zurücklehnen gemacht waren, und versuchte etwas zu erkennen. Fred hatte Architektenpläne auf dem Tisch ausgebreitet und erklärte Einzelheiten. Zeigte Fotos vor, sprach von Rendite und Abschreibung und auch von den Erhaltungskosten hier und dem allen. Wir wollen doch ehrlich sein. Georg überließ das alles ihr. Damit kennst du dich aus.

Pennte weiter seinen Rausch aus und sah dabei aus wie der Denker von Rodin. Sie hatte schließlich auch einen ermüdenden Nachmittag hinter sich, das ganze Land besichtigen, was alles zum Grundstück der *Residencia* gehörte (gewaltig viel) und welche Apartments und Bungalows noch zu verkaufen waren (mehr als erwartet). Die *Villa Rincon* war eindeutig das schönste aller Häuschen, ganz weit weg von allen anderen, aber doch noch im Einzugsbereich von Post, Arzt und Telefon, und noch zu haben. Kaum teurer als ihr Bungalow, der neben seiner Nummer den schönen Namen *Nido* hatte. (Nest! Auch nicht viel schlimmer als Ecke!) Aber Nora konnte zu «Ecke-Rincon» keine Beziehung herstellen. Es war größer, hatte den schöneren Blick, hatte aber keinen Charakter. Georg schien erleichtert. Auch er hatte sich eingerichtet. Also, sie würden bei *Nido* bleiben. Fred beglückwünschte sie. Er ließ durchschimmern, daß *Rincon* im Winter feucht war, während *Nido* eindeutig im Sommer kühl und im Winter trocken blieb. *Nido* war der Schatz der Siedlung. Das war die Werbung, die hatte Fred übernommen, bei den Zahlen war dann Anja wieder dran.

Klare Angebote. Es gab eine Auswahl. Entweder oder. Eine halbe Million (D-Mark) cash auf den Tisch und dafür Grundbucheintrag und lebenslange Versorgung garantiert. Eine viertel Million cash und dafür zehn Jahre Versorgung. Oder eine Vorauszahlung von hunderttausend, Wohnrecht auf Lebenszeit, nach zehn Jahren Mietzins nach Preisindex, oder aber man konnte auch von Anfang an auf Mietbasis bleiben, mußte dann allerdings eine satte Kaution von fünfzigtausend hinterlegen. Für alle die möglichen Auslagen und sonstigen Vergünstigungen und noch vieles andere. Für Nora schrie das alles nach Beschiß. Brüllte förmlich. Aber da waren so Leute wie Gerd Brevor (Einzelhandel), Paul Kaufmann (mittelständischer Kurzwarenkonzern) oder Lutz und Gisela Horn (Stahl und Werkzeugmaschinen) oder die alte Gundula (Witwe der He-We-Kette, Tankstellen rund über die alten Bundesländer). Die waren doch alle clever und schlau und hatten noch alle kleinen grauen Zellen im Kopf beisammen. Die konnten doch nicht auf so einen billigen Trick reinfallen.

Nora lächelte, lieb aber dümmlich, beugte sich wieder über diese nichtssagenden Pläne. «Das klingt ja wirklich wunderbar! Nein, wir würden wirklich gern bei unserem Häuschen bleiben. Sehen Sie, wir nennen es schon ‹unser›!»

«Großartig!» Fred umarmte sie spontan, wollte Georg schon auf die Schulter klopfen, hatte dann aber doch Respekt vor dem Denker. Der wachte mit einem fast wehmütigen Seufzer auf, lächelte ausgeruht und gab seinen Kommentar ab.

«Wunderbar.»

Damit war alles geregelt. Der große Meister hatte seine Zustimmung gegeben. Anja drückte ihm einen Packen Unterlagen in die Hand, viele kleine Zahlenreihen, viel Glanzpapier. «Bitte sehen Sie alles in Ruhe durch, überlegen Sie, überstürzen Sie nichts. Wenn Sie irgendwelche Fragen haben, wir sind jederzeit für Sie zu sprechen!» Georg ließ seinen erfrischten Charme aufleuchten.

«Prima. Bestens. Schön, daß wir gerade hier gelandet sind. Nennt man Glück.» Er umarmte Anja und machte Anstalten, sie zu küssen. Schreckte wohl vor ihrem Make-up zurück. Anja schmolz auch so. Nochmals ein tiefer Blick in die Augen, ein herzlicher Händedruck für Fred, dann schritt der Meister zügig hinaus, und Nora folgte ihm mit züchtigem Lächeln. Im Treppenhaus schwieg er, hatte genug damit zu tun, so schnell wie möglich aus dem Haus zu kommen, draußen aber wartete er nicht einmal ab, bis sie außer Sichtweite waren. «Du hast doch nichts unterschrieben, um Gottes willen?»

«Doch», leise, «ich dachte, das war ausgemacht?» Unschuldig. Er starrte sie an, knüllte die Glanzpapiere zu einer Rolle. Schlagstockförmig. Einen Moment lang dachte sie, er würde ihr damit eins über die Rübe ziehen. «Ich hab gekauft. Wir werden Gerda und Robert anschnorren müssen. Halbe Million bekommen wir so nicht zusammen.»

«Blödsinn. Nach spanischem Recht darf die Frau allein gar nicht unterzeichnen.»

«O doch. Franco ist schon lange tot.»

«Halbe Million was? Peseten?»

«D-Mark.»

«Norchen!» Er grölte auf. «Jetzt hast du mich doch wirklich erwischt. Voll reingefallen! Eins zu null.» Er begann zu pfeifen und mit der nun taktstockförmigen Glanzpapierrolle zu dirigieren. «Und?»

«Ich denke, du warst die ganze Zeit dabei?»

«Ich hatte einen Traum von pastellfarbener Jugend in sündigen Sanddünen unter sengender Sonne. Also?»

«Ich blick nicht ganz durch. Nach außen hin sieht alles vollkommen ehrbar und TÜV-geprüft aus, aber irgendwie stinkt das Ganze nach Absahn & Co.»

«Halbe Million.»

«So viel wäre das im Prinzip nicht. Du bekommst einen soliden Bungalow, 240 qm Wohnfläche, Terrassen extra. Und das Land. Viertausend Meter Pinienwald direkt an der Küste.»

«Nur ist das alles Naturschutzgebiet, da darfst du nicht mal eine Garage bauen.»

«Genau. Und du kannst es auch nur an jemand in unserem Alter verkaufen. Wer sonst will schon hier wohnen.»

«Ach, man könnte das Ganze auch ein bißchen lockerer aufziehen.»

«Und die lebenslange Versorgung kannst du dir gleich sonstwohin schreiben. Denn sie beruht einzig auf dem Ehepaar Fred und Anja Gellert.»

«Der haut ab.»

«Oder sie.»

«Scheidung auf jeden Fall.»

«Ende aller Verträge.»

«Oder sie bleiben zusammen.»

«Und gehen nach Guatemala.»

«Rio.»

«San Francisco.»

«Oder ganz einfach Feldafing. Wenn das alles abgeschottet ist, dann kann ihnen doch nichts passieren.»

«Ich hab jetzt mal gesagt, wir würden uns wohl für Mietkauf entscheiden. Das heißt, wir bleiben erst mal weiter Mieter und sehen uns um.»

«Aber dafür wollen sie doch Anzahlungen, Kautionen, Sicherheiten. Oder hab ich das auch geträumt?»

«Nein. Sie waren ganz geil auf unsere Lebensversicherungen.»

«O Gott.»

«Du denkst an diese Uchtmanns? Rosa und Pato?»

«Nein. Viel schlimmer. Ich denke an diese Ingeburg. Dieses Stück Ekel von Tochter.»

«Dann hätte sie recht!»

«Nun ja. Nicht in allen Punkten. Das auf keinen Fall. Und der Rest ist das berühmte Korn für die kurzsichtige Henne.»

«Wir müssen es ihr ja nicht auf die Nase binden.»

«Nur über meine Leiche. Und wir? Was machen wir?»

«Grundbuch. Muß es ja hier auch geben. Und dann ein bißchen rumhören.»

«Bartolo?»

«Nein. Keiner von hier. Nur so am Hafen, in den Kneipen, Cafés, Bars. Wir machen einfach ein paar Kontakte, die leben schon seit über zehn Jahren hier, da muß man sie doch kennen, oder?»

«Oder auch nicht.» Sie waren bei ihrem Haus angekommen, Georg ließ ihr galant den Vortritt. Sie hatte die Schlüssel, er verlor ja alles. Nora schloß die Tür auf und ging hinein. Ihr Haus. Der Geruch nach Pinien, Meer und großen Ferien. Und ein bißchen nach Johnson's Holzwachs. Nora ging durch das Haus hindurch auf die hintere Terrasse und schaute hinüber aufs Meer. Vielleicht waren es ja doch keine Betrüger. Vielleicht war ja alles in Ordnung. Vielleicht stimmten alle Papiere und Unterlagen. Vielleicht waren sie einfach zu mißtrauisch.

Nora wandte sich um und nahm Georg die Weinflasche aus der Hand. «Wir haben noch viel vor heute.» Sie war erstaunt, daß er nicht widersprach. «Verdammt», sagte sie laut, «ich würde wirklich gern hierbleiben. Ich mag die Gegend!» Georg hatte sie glücklicherweise nicht gehört.

«Also los, Norchen, laß uns eine Strategie entwickeln. Wir trennen uns. Zitat überflüssig. Was soll ich anziehen?»

Georg war total high. So was liebte er über alle Maßen. Sie machte die Arbeit und er das Vergnügen. Er stand schon vor den

Lamellentüren der Schränke, in die sie ihre mickrige Habe gehängt hatten. Sie legte ihm ein grellgelb und schwarz kariertes Hemd raus.

«Laß die Cordhosen an und das Hemd. Und die Lederjacke. Da siehst du wie ein Künstler aus und nicht wie ein Tourist.» Er war glücklich, er mußte die geliebten Cordhosen nicht ausziehen. Am liebsten hätte er sich noch einen langen gelben Lesezeichenschal umgelegt, aber dafür war es nun wirklich noch zu heiß.

Glücklicher Georg. Nora stand hilflos vor den verschrumpelten drei Dingen in dem Riesenschrank und überlegte krampfhaft, was sie denn nun anziehen sollte. Dachte an Anja. Nahm sich das nächstbeste, ein ausgewaschenes Sweatshirt in Marineblau und Blaßgrün, sie konnte die Jeans anbehalten. Es war unwichtig. Sie würde nie wirklich gut aussehen. Dabei war Anja häßlich, dumm und vollkommen ausdruckslos. Oder die Bluse. Und ein Tuch. Dann die Leinenhosen. Oder gleich der grüne Hosenanzug. Nein. Zu aufgemotzt. Anja konnte anziehen, was sie wollte, sie sah immer gut aus. Mist, verdammt, sie würde sich doch dadurch nicht unsicher machen lassen! Outfit hatte doch nichts mit dem Infit zu tun. Haha. Nora rannte ans Fenster und sah gerade noch den metallic-blinkenden Rover aus der Ausfahrt röhren.

16

Anja trug alte Jeans, ein bretonisches Ringelhemd, Camelweste und Nikes. Der Wind zerrte an ihren Haaren und sprühte eine Salzschicht über das Boot. Fred hockte gekrümmt hinter dem Steuer, frustriert, weil er den Motor nicht voll aufdrehen konnte. Chicos neues Spielzeug war noch nicht eingefahren.

«Ich würd zu gern mal auf Speed gehen», schrie er, Anja mußte auch brüllen, um sich verständlich zu machen.

«Chico würde dich köpfen!» So ein Flitzer war Freds größter

Traum. Für den Preis kauften sich andere Leute ein Haus. Anja hatte ein ganz normales Motorboot mieten wollen, das wäre sehr viel bequemer gewesen und voll ausgefahren im Notfall schneller als der notgebremste Speeder. Sie hatte nie damit gerechnet, daß Chico ihm das Boot leihen würde. «Sag mal, weiß er überhaupt, daß du seinen neuen Augapfel hast?» Fred antwortete nicht. Schien nichts gehört zu haben, schien ganz auf die Fahrt um die Küste konzentriert. Anja fragte nicht nach, den Teufel würde sie tun!

Eine Segelyacht kam ihnen entgegen, schwarz und rot wie ein Piratenschiff. Sicher über zwanzig Jahre alt, gepflegt, geliebt und schön. Anja sah unwillkürlich hinterher. Hörte das Lachen an Bord. Vier Leute, älter auch sie. Mahagoni und Geborgenheit. Sie empfand einen Stich Neid. Wandte sich wieder nach vorn.

Sie bogen gerade um die Felsnase herum, hier gab es um diese Tageszeit keine anderen Boote mehr. Anja nahm die Sonnenbrille ab. Versuchte auf der anderen Seite der Bucht ihr Haus auszumachen. Fand es nicht. Ein weißer Punkt unter anderen zwischen dem Grün der Pinien. Die *Residencia* hätte man vom Meer aus erkennen können, aber die lag auf der anderen Seite der Insel. «Scheiße», Fred fluchte und drosselte den Motor noch mehr. Husten. Der Motor war für so was nicht konstruiert. «Ich hätte Pacos Boot nehmen sollen, Scheiße, der hat ein Echolot!»

«Und warum hast du nicht?»

«Er wollt's mir nicht geben!»

Das wunderte sie nicht. Also hatte er Chicos Speedboot auch ohne Chicos Wissen. «Hier gibt's verdammt viele scharfe Riffe und Felsen unter der Oberfläche», sagte sie leise. Fred hing ohnehin schon weit über Bord und versuchte, in dem abenddunklen Meer etwas zu erkennen. «Achte auf die Farben. Hell und dunkel», sagte sie vorsichtig, er giftete sofort zurück.

«Alles voller Algen hier. Das heißt gar nichts!»

«Die Wellen. Diese kleinen Kräusel hier und da.»

«Sagt auch nichts. Zuviel Wind.» Er hatte eine Seekarte dabei, aber schon die Art, wie er sie auffaltete, sagte alles. Erstens war es bereits zu dunkel, und zweitens hatte er vermutlich die falsche eingepackt. Anja entspannte sich etwas, soweit das in diesem harten Sportsitz möglich war, und schaute an der schroffen Steilküste hoch. Es war schwer, Schatten von möglichen Höhlen zu unterscheiden. Fred wich heftig einem Riff aus, Anja wurde gegen die Seitenwand geworfen. Kurzer Schmerz. Angst.

Hier war es passiert, ziemlich genau hier. Rosa und Pato. Dieselbe Uhrzeit, der Einbruch der Dunkelheit. Wind, Kälte und Einsamkeit. Niemand, der ihre Schreie hören konnte. Es dauerte lang, bis man tot war. Ertrunken, wenn man schwimmen konnte. «Hier», er stieß sie grob gegen die Schulter, «nimm schon!» Er hielt ihr Chicos Nachtglas hin, sie nahm es. Erleichtert, etwas zu tun zu haben. Stellte es auf ihre Sehschärfe ein und richtete es auf die Felswand. Vergaß alle Angst. War gefangen, fasziniert. Sie konnte jeden Haarriß erkennen, jedes Steinkraut, jedes winzige Mooskissen. Die Farben waren verfremdet, es war wie ein Trip.

«Langsam!» schrie sie. «Kannst du nicht anhalten! Das wackelt ja alles so!» Fred drosselte den Motor noch mehr.

«Wenn ich ganz abstelle, dann haut's uns rum, dann kann ich's nicht mehr kontrollieren!»

Anja hatte etwas entdeckt, sie mußte sich mit beiden Beinen fest gegen die flachen Bordwände stemmen, um nicht das Gleichgewicht zu verlieren, spürte dankbar Freds Hand, die sie am Schenkel packte, stützte. Vor allem psychologisch stützte. Das war es. Das mußte es sein. So ziemlich in der Mitte der Felsen eine ovale Öffnung. Winzig von hier aus, aber in Wirklichkeit sicher gut zwei Meter hoch. Oben und unten sprangen die Felsen wie breite Stufen vor, aber seitlich schien es einen helleren Streifen zu geben, eine Art Bergpfad. Anja konzentrierte sich auf den winzigen Streifen. Kaum noch zu unterscheiden von den anderen Felsen. Höher, wieder tiefer. Aus. Sie hatte ihn verloren. Hielt stur das Nachtglas auf die Stelle, an der sie den Pfad verloren hatte. Es war zu dunkel, sie konnte nichts mehr erkennen. Hell, dunkel, alles eins. Doch. Ein kleiner Querstreifen. Direkt darunter ein anderer, drei, vier, zehn. Stufen in den Stein gehauen. Schluß. Mittendrin hörten sie auf. Und da war er wieder, der etwas hellere Felspfad. Leicht gewölbt lief er ein Stück nach rechts. Brach wieder ab. Anja fand die

Stufen. Folgte ihnen bis hinunter zum Meer. Es gab da einen winzigen Einschnitt. Kein Hafen, nicht mal Platz für ein einziges Fischerboot. Nur ein Einschnitt und davor ein Fels, breit und dick wie ein Hocker.

«Ich hab's», sagte sie atemlos, «ich hab's. Da drüben. Eine Höhle, ein alter Piratenweg auf zwei Ebenen, Felsstufen vom Meer hoch. Von oben her, vom Land kann man's nicht sehen, da ist ein gigantischer Überhang. Wir hatten recht.»

«Du hattest recht.» Fred zündete zwei Zigaretten an und gab ihr eine. Sie rauchte wieder, als hätte sie nie aufgehört. Fred sowieso. Sie nahm gierig den ersten Zug. Hätte jetzt gern einen Cognac getrunken. Fred grinste und schob ihr einen silbernen Flachmann rüber. Sie wußte, noch bevor sie trank, daß es Mascaro war, der beste, vermutlich hatte er auch Champagner in einem Kühler, sie traute ihm das zu. Die falsche Seekarte, aber den teuersten Cognac im Flachmann. Sie lächelte. Spürte dankbar, wie die Wärme sich in ihr ausbreitete.

«Kommen wir dahin?»

«Du meinst, jetzt?» Er schien entsetzt. Drehte automatisch das Ruder herum, Anja mußte sich verrenken, um den kleinen Felshocker im Auge zu behalten.

«Wann sonst?! Wir sind doch schon mal hier! Es ist dunkel! Keiner kann uns sehen. Wir haben Seile und Lampen und alles dabei.»

«Ich trau mich nicht», sagte er ohne alle falsche Scham. «Ich hab Angst, das Boot *on the rocks* zu setzen. Ich bin kein sehr guter Skipper. Nicht mal mit einer Karte. Wir müssen noch mal raus. Mit Pacos Echolot. Ich find den Platz, keine Sorge.»

«Wir müssen da rauf. Da oben hat er sein Lager, seinen Stützpunkt, seine *base*. Er spricht übrigens ein sehr niedliches Texas-Amerikanisch. Wenn wir da ein paar Polaroids schießen, können wir ihm den Deal anbieten.»

Fred schwieg. Er hatte panische Angst vor Mario. Er hatte sich diese harten Krimis reingezogen, seit er acht war. Er kannte sie alle und ihre Methoden. Zementschuhe und Hudson-River. Für ihn war das alles Realität. Anja gab nach. Außerdem hatte sie keine

Lust, das stinkteure Speedboot zu zahlen, wenn er es auf Grund setzte. «Okay, laß uns umkehren. Die Tageszeit ist vermutlich auch nicht die beste. Wann kannst du Pacos Boot bekommen?»

«Jederzeit.» Er wendete das Boot, nuschelte, sie verstand ihn genau. Wo immer er die Schlüssel zu den Booten herhatte, er hatte sie. Das hieß natürlich, «jederzeit» hing von den Plänen der Eigner ab. Sie sah auf den dramatischen Sonnenuntergang, der die ganze Küste in glühendes Violettrot färbte. Die kleinen Häuser und Villen an der Küste lila aufleuchten ließ. Das war jetzt die Stunde der Aperitifs, des Flanierens. Südliches Leben begann jetzt erst.

«Morgen früh. Ganz früh morgens. Die Sonne geht jetzt so gegen sieben auf, hell wird's schon um sechs. Wenn wir um fünf rausfahren, sind wir bei Licht hier. Und ganz allein.»

«Die Fischer.»

«Nicht hier.»

«Aber sie sehen uns ausfahren.»

«Na und? Wir tun nichts Böses. Wir erkunden die Insel.»

«Hm. Ja. Klar. Ist eine gute Zeit. Frühmorgendämmerung. Da pennen sie alle noch. Gebongt.»

Er nahm noch einen Schluck aus dem Flachmann, verstaute ihn und warf seinen Zigarettenstummel über Bord. «Wir könnten heute mal wieder zu Michel gehen. Es gibt was zu feiern.»

«Lieber in die kleine Fischkneipe. Ich fühl mich nicht nach groß Umziehen.»

«Aber dann Lobster. Oder? Ich meine, die hängen doch dran, die haben wir doch?»

«Nora und Georg?»

«Ja, diese Ökotumbis. Die fanden doch alles wunderschön und wunderbar. Nicht so ein Gemäkel wie bei den anderen. Gott, wenn ich an dieses ganze Gequatsche denke, das wir allein bei den Kaufmanns investiert haben...»

«Ja, das war die blöde Tochter. Aber die Webers haben noch nicht unterschrieben. Irgendwie traue ich denen nicht.»

«Anjamaus!» Fred lachte und beschrieb eine Kurve mit dem Boot. «Mach dir doch nicht in die Hose. Das sind zwei alte Ussels, die finden hier alles schön und gut. Ich hab sie ein bißchen angemacht. Du liebe Güte, die ist ja voll ausgeflippt. Ehrlich, wenn ich die nur anfasse! Ha. Und sie hat das Sagen.»

«So siehst du das. Aber in Wirklichkeit ist er der Oberlehrer und hat sie alle jetzt schon unter seiner Fuchtel. Der hat so was. Außen Teddybär, in Wirklichkeit...»

«... Tiger», unterbrach er sie lachend. Sang, pfiff, drehte wieder eine kühne Kurve. Nur dadurch wurde Anja nach hinten geworfen, mußte sich festklammern, schaute auf. Sah, daß ihnen ein Boot folgte. Ein Speedboot mit vier Scheinwerfern. Größer, schwerer und höher als ihres. Sah aus wie Wasserpolizei, war es aber nicht. Keine Kennzeichen, kein Signal.

«Fred!» Sie schrie auf, er drehte sich zu ihr um, sah im Blickwinkel das andere Boot und reagierte. Drückte voll drauf. Anja wurde in den Sitz zurückgedrückt, gleichzeitig hochgehoben. Sie versuchte, sich festzuhalten, unten zu bleiben, nicht hochzuschauen. Wenn sie das Fahren im Rover schon als unangenehm empfand, gegen das hier war's die reinste Sänfte. Das Boot schlug hart auf, brett-brett-brett, es fühlte sich nicht mehr wie Wasser an, nur noch wie Stein, Stahl, Zement. Krach. Bock-bock-bock. Fred kauerte über dem Ruder und sah nicht mehr zurück. Sie hatten die Felsennase umschifft, konnten schon die fernen Hafenlichter sehen, die Mole, die ersten Bars. Plopp. Zuerst dachte Anja, sie habe sich verhört, aber dann kam es wieder, plopp und plopp. Schüsse. Ein Stückchen Kunststoffverkleidung flog hoch. Plopp. Sie schrie, aber Fred hatte es schon gehört. Er drückte jetzt das Gaspedal durch. Jaulen. Kaum lauter, nur heller, schriller. Anja wurde in ihren Sitz gepreßt wie beim Start einer DC 7. Das Brettern hörte auf, sie schienen zu fliegen. Hämmern gegen den Boden, Wind, Salz, das Lauschen auf das nächste Plopp. Irgendwie konnte sie es noch immer nicht glauben. Das gab es einfach nicht in Wirklichkeit. Daß auf einen geschossen wurde. Die Hafenlichter, Fred hatte Mühe, das Boot wieder runterzutunen, schaffte es, lief fast lautlos in den Hafen ein, Anja sah zurück, niemand war hinter ihnen, nichts weiter als die Nacht. Fred schob das Boot geschickt in seine Lücke und sprang auf den Quai hinaus, um die Taue festzumachen. Locker, lässig, cool, schien ihn alles nicht zu kümmern. Anja pulte ein halb weggeschossenes Stück Bootseinfassung ab. «Und, was willst du jetzt Chico sagen?»

«*Sorry*», Fred sprang an Land und hielt ihr die Hand hin. «Vandalen, kann immer passieren.» Er hielt sie einen Moment fest und küßte sie. «Du hast recht gehabt! Sie haben auf uns geschossen! Wir haben sie!»

«Die wissen, wer wir sind! Die haben uns!»

«Quatsch! Wie denn! Wie sollen die uns von hinten erkannt haben?!»

Anja schwieg. Dachte daran, wie viele von diesen Speedbooten es hier gab, und vor allem, wie viele mit Einschußlöchern. Das war ziemlich einfach. Mario hatte sie kalt erwischt. Aber er würde natürlich nicht zur Polizei gehen. Er würde denken, sie genug eingeschüchtert zu haben. Das war so die Idee, die er von Frauen hatte. Nun gut. Sie würde es ihm zeigen. Gleich morgen früh. Sie mußte es tun, sie mußte Material in die Finger bekommen. Fred sprang an Land und nahm die Leine gleich mit. Geschickt machte er sie am Poller fest, deckte das Boot ab und vertuschte die Spuren, soweit möglich. Über der wirklich beschädigten Seite ließ er die Persenning wie zufällig halb hochgeklappt. Fred war schlau.

Junge Leute, die sich küßten, Musik, Stimmung, alte Leute, die mitswingten, eine laue Septembernacht. Anja hätte gern etwas anderes angehabt. Plötzlich: Nora Weber. Sah zehn Jahre jünger aus und stiefelte da vollkommen selbstsicher vorbei.

Als ob sie hierhergehörte!

17

Hier unten im Hafen war nicht viel zu spüren von *dolce far niente* und südlicher Gelassenheit. Alle schienen es eilig zu haben, alle hatten irgendein Ziel, einen Plan, eine Verabredung. Nora fühlte sich fremd und überflüssig. Die kleinen Fischerkneipen, in die sie zusammen mit Georg gern gegangen wäre, kamen nicht in Frage. Sie sprach kaum Spanisch, sie war eine Frau, sie würde nichts erfahren. Und bei den anderen Cafés und Bars (Hunderte!) war nicht immer gleich zu erkennen, ob es reine Touristenfallen waren, Schickimicki-Pinten oder echte Insider-Bars. Das hier allerdings war ganz offensichtlich die falsche Ecke vom Hafen, der neue Teil, jeder, der mit einer der Fähren oder Yachten ankam, hatte es eilig, wegzukommen. Durchgangs- und Bahnhofsatmosphäre. Und ein übler Gestank nach Diesel.

Sie wollte gerade die Straße überqueren, als sie sie sah. Rannte weiter und schlüpfte ins erstbeste Café. Alte Männer, schwarzer Tabak und ein röhrender Fernseher, zu dem keiner hinsah. Das Fenster war so dicht mit Werbeplakaten zugeklebt, daß Nora kaum hinaussehen konnte. Sie sah die Frau nicht mehr, die sie für Anja gehalten hatte. Sie mußte sich geirrt haben. So würde Anja niemals rumlaufen, schon gar nicht abends *in town*. Sie wandte sich erleichtert der Bar zu und bestellte sich einen trockenen Sherry. Na schön, Georg hatte ja recht gehabt, sie hatten sehr viel mehr Chancen, wenn sie jeder für sich allein loszogen. Zu zweit waren sie ein altes Touristenehepaar, zwei Neutren, die man nicht wahrnahm. So aber war Georg ein älterer Professor oder Schriftsteller, der ganz gut Spanisch sprach und die Gabe hatte, im Handumdrehen mit den Leuten ins Gespräch zu kommen, gerade mit den Bauern, Fischern, Kellnern oder Taxifahrern. Aber auch mit den Jungen, den Freaks, den Lebenskünstlern, den Aussteigern und den vielen hübschen Mädchen, die zu Hunderten die Straßen füllten und immer auf irgend etwas zu warten schienen.

Sie hingegen war die rundliche Mutti, nicht Neckermann, nicht Kulturreisen. Sie stellte keine Gefahr dar, die Kellner lächelten, Liebespaare setzten sich gern an ihren Tisch, Homos wie Heteros, Yuppies, einsame Damen, Wichtigtuer und Anmacher. Die einen sahen sie als Ruhepol, andere als potentielles Opfer. Sie zahlte ihren Sherry und ging hinaus in den Dieselgestank.

Der Hauptplatz lag ein wenig vom Hafen entfernt, ein Rechteck mit runden Zeitungskiosken und alten Platanen, Bars und Cafés. Das erste gleich vorn an der Ecke fiel auf. Es gehörte zu einem

Hotel, das aussah wie eine dieser Luxusherbergen in den Filmen der zwanziger Jahre. Die Tische hatten weiße Leinendecken, die Kellner trugen schwarze Hosen, weiße Jacken, schwarze Fliegen. Saubere Tücher über den Arm gefaltet. Nora mußte an Brighton denken oder irgendein englisches Seebad, sie wäre nie dorthin gegangen, wenn nicht jeder Tisch voll gewesen wäre. Die Leute drängten sich, hockten eng zusammen, quatschten, lachten, flirteten in allen Sprachen. Und sie waren keineswegs alle englisch oder reich. Jedenfalls sahen sie nicht so aus. Bunt, freakig zum Teil, jung und sexy, alt und ausgemergelt, braun gebrannt waren sie alle. Sah aus wie eine Art Nachrichtenbörse für Insider oder Leute, die dafür gehalten werden wollten. Nora mußte zurückspringen, als ein wild gewordenes Motorrad über den Bürgersteig gedonnert kam.

Dann war sie endlich auf der anderen Seite. Musterte die Leute an den Tischen, suchte nach bekannten Gesichtern, dachte für einen Augenblick, in Schwabing in der Leopoldstraße zu sein. Lächelte einem Mann zu, der sie an Martin erinnerte, zuckte zurück, als er den Mittelfinger zeigte. Es gab keinen freien Stuhl, nicht mal einen Stehplatz. Sie wollte schon aufgeben, als sie die Lücke bemerkte. An einem Tisch saßen drei Männer, an den beiden Tischen daneben jeweils nur einer. Die Leute an den Nachbartischen hatten die freien Stühle weggeholt, aber einen Stuhl gab es noch. Nora steuerte erleichtert darauf zu. Lächelte: *«Libre? Is it free?»*

Der junge Mann sah nicht von seiner Zeitung auf, nickte nur und wedelte mit einer lässigen Handbewegung den Stuhl weg. Nora ließ sich mit einem Seufzer draufplumpsen und packte ihre Umhängetasche vor sich auf den Tisch. (Man mußte sich vor Taschendieben hüten, hatte sie gelesen.) Der Mann sah irritiert auf. Er hatte wohl erwartet, daß sie den Stuhl nur wegholen wollte. Nora lächelte herzlich. Er wußte nicht, was er tun sollte. Glotzte sie an. Kam ihr bekannt vor. Hob dann mit einem Papierknallen die Zeitung wieder als Sichtschutz hoch. Der Kellner kam herausgeschossen. Zögerte plötzlich, schaute zu dem Mitteltisch, wartete. Nora lächelte immer noch. Er kam an ihren Tisch, und sie bestellte eine halbe Flasche trockenen Rioja und ein paar Erdnüsse.

Sie war ganz verrückt nach den Erdnüssen hier. Sie nahm ihre unförmige Tasche vom Tisch und klemmte sie sich zwischen die Beine, die Riemen über die Armlehne geschlungen. Seltsam, daß alle die Männer in ihrer Ecke graue Anzüge anhatten. Fast alle. Nur der Alte in der Mitte, der mit der Sonnenbrille, hatte einen aus gebleichter Wildseide an. Nein, das waren keine Handelsvertreter. Die sahen ja aus wie im Kino. Noras Wein kam, rührenderweise, obwohl so klein, in einem Weinkühler, sie gab dem Kellner ihren allerherzlichsten Lächelblick, er nickte zurück wie ein Kinobutler und hinterließ einen Bon. Nora nahm den ersten Schluck, es war ein sehr guter Wein. Sie hätte gleich eine richtige Flasche bestellen sollen. Hier war der Platz der Infos. Nicht rüberschauen, sagte sie sich, sie wußte, woher sie einige der Typen kannte.

Der erste Abend. Das Taxi, diese Villa am Meer, die lärmende Party. Als sie gerade kamen, verließen die ersten das Haus. Dieser alte Geier war das gewesen und die jungen Bodyguards. So hatten sie das beide damals empfunden. Georg auch. Vor allem, als der Geier sich von Anja verabschiedet hatte. Sie hatte Angst gehabt, und seine weiche Stimme klang bedrohlich. Oder war's die ganze Atmosphäre gewesen. Mafia hatte sie damals gedacht. Aber in der Nacht war ihr alles seltsam und bedrohlich vorgekommen. Schon dieser pockennarbige Taxifahrer, der nicht warten wollte.

Und hier? Um die drei Tische herum hatte sich eine Luftblase gebildet, als säße da die Familie Pest, Cholera, Aids & Co. Oder *el Rey* persönlich. Der König. Nora füllte ihr Glas nach. Es war eine Mischung aus Ehrerbietung und Furcht. Sie lehnte sich bequem zurück und hatte nun die Ohren in Lauschnähe. Schnelles Spanisch. Nein. Italienisch! Ha, sie hatte recht! Lehnte sich noch etwas weiter zurück und schlug die Beine lässig übereinander. Konnte sich jetzt nicht mehr umdrehen, nur noch horchen. Sah die Männer aber vor sich. Der weißseidene Pate und zwei Filialleiter. Beide dunkelhaarig, olivhäutig, Mittfünfziger. Der eine untersetzt, fast fett, der andere eher durchtrainiert, breitschultrig. Sie sprachen Dialekt, vielleicht doch keine Filialleiter, nur höhere Lakaien.

Nora kramte ihren Reiseführer aus der Tasche. Fühlte sich sofort merklich unsichtbarer. Genoß ihre Rolle als weintrinkende Miss Marple. Verstand nicht alles, hörte aber plötzlich ein bekanntes Wort. *Residencia del Sol*. Dann auch Namen, Anscha, Fred, wieder ein ganzer Absatz unverständlich, dann wieder einige Worte klarer, Segelboot... Polizei... Küste... Versteck... Papa... Dollars... Wetter... Vorsicht... *Mañana*... Polizei... Mord... Unfall... Papiere... Ein schrilles Kreischen riß sie aus ihrer Konzentration. Die Metallfüße eines Stuhles, der über die Steine geschoben wurde.

«Hallo. Ist der Platz noch frei?»

Der Typ grinste breit und blöd und sah aus wie ein als Spanier verkleideter DEFA-Schauspieler. Er sprach auch so. Nora zog ihre Beine ein und nahm die Tasche auf den Schoß. Schwieg. An allen Nebentischen verstummten die Gespräche. Der Body an ihrem Tisch faltete seine Zeitung zusammen und schnippte nach dem Kellner. Der alte Weißseidene suchte sich genüßlich eine schmale Zigarre aus einem Holzkistchen, schnippelte dran herum, schien Ewigkeiten damit zuzubringen, bevor ganz plötzlich vier Streichhölzer gleichzeitig vor ihm aufflammten.

«Havanna. Echte Havanna. So was riech ich. Großartig. Darf ich mich vorstellen. Pedro. So nennt man mich hier. Dürfte ich Sie zu einem weiteren Gläschen Weißwein verführen?»

Nora konnte nichts antworten. Neben ihr standen sie alle auf, wie auf Kommando, und wie auf Kommando hielt ein Bentley direkt vor dem Tisch. Die beiden jungen Graumäuse, die Mittfünfziger und noch zwei, die ein ganzes Stück weit weg gesessen hatten, warteten ab. Der Pate winkte einem der Bodies und stieg ein. Die anderen folgten in Autos, die wie aus dem Nichts plötzlich vor dem Café auftauchten, bremsten. Alle groß, schnell, dunkel und bis auf den Fahrer leer.

«Wissen Sie, wer das war?» Pedros Stimme klang verschwörerisch. «Mario! Der Mafiaboss hier. Stinkreich. Geht nie ohne seine Bodyguards aus, hat eine Riesenvilla oben an der Felsküste, wie ein Schloß, mit Mauern, elektronischer Überwachung und scharfen Hunden. Hat angeblich alle wichtigen Leute hier eingekauft. Oder anders unter Druck gesetzt. Gibt jede Menge Stories über ihn.» Er winkte dem Kellner, der durch ihn hindurchzuschauen schien. Der magische Zauber war mit den dunklen Autos verschwunden. Pedro klatschte nach Sklavenhändlerart in die Hände. «Das machen die Spanier so», verteidigte er sich, als er ihren Blick auffing. Der Kellner kam tatsächlich angeschlurft. «*Otra butellja y vaso*», bestellte Pedro in reichlich sächsischem Spanisch. Der Kellner drehte sich um. «*Una grande!*» rief Pedro hinter ihm her. Wandte sich dann wieder strahlend Nora zu. «Sie sind neu hier, oder? Ich hab Sie noch nie gesehen.»

«Kennen Sie denn alle Leute?» Sie war in Gedanken immer noch bei diesem Mario. Sie hatte also richtig geraten.

«Die meisten. Die wichtigen auf alle Fälle. Machen Sie Ferien hier, oder bleiben Sie länger?»

«Vielleicht bleibe ich hier. Es ist schön.»

«Ja!» Er rückte seinen Stuhl etwas näher zu ihr hin. «Haben Sie ein eigenes Haus?»

«Nun... noch nicht.»

«Hören Sie, ich könnte Ihnen einen Tip geben. *Residencia del Sol...*»

«Ja, da wohne ich.»

«Ach», er schien enttäuscht, dann aber hellte sich seine Miene auf. «Anja und Fred sind sehr gute Freunde von mir!» Nora formte ein O mit den Lippen, gab sich beeindruckt. Jetzt war ihr klar, worauf er gehofft hatte. Eine Provision von Anja. Der Kellner kam mit einer großen Weinflasche, einem anderen Weinkühler und einem Tellerchen mit Oliven. Er balancierte das Tablett elegant auf einer Hand, ließ Pedro mit unbewegter Miene den Wein probieren, goß dann Noras Glas voll, klemmte den Bon unter den Aschenbecher vor Pedro und schlurfte davon, ohne sein Glas vollzuschenken. Nora bildete sich sogar ein, etwas gehört zu haben, eine gebrummelte Bemerkung, irgend etwas Unfreundliches. «Auf Ihr Wohl», Pedro füllte sein Glas und stieß mit ihr an. «Und auf schöne Zeiten.»

Er trank, schaute ihr tief in die Augen und dann über ihre Schulter auf die Promenade hinaus. Sie wollte ihn nach weiteren Einzelheiten über diesen Mario fragen, rausbekommen, wieviel wahr und wieviel Gerüchteküche war, etwas über Fred und Anja hören, aber er hatte wieder angefangen zu reden und war nicht mehr zu stoppen. Sein Leben in Erfurt (also nicht Sachsen, sondern Thüringen), die wunderbare Wende und sein wunderbarer Werdegang. Nein, er hatte nie mit der Stasi zu tun gehabt. Sie hatte nicht danach gefragt. Er war ein Cleverle, ein Smartie, er hatte sich sicher immer mit allen zusammengetan, die ihm nützen konnten. Solange er den Mund nicht aufmachte, konnte man glauben, er wäre hier aufgewachsen. Ja, hier kannte er sich aus. Welche Parties wo liefen, wer mit wem und warum, und immer wieder mußte er Leuten zuwinken, aufspringen, um jemanden zu begrüßen, zu küssen, ein paarmal setzten sich kurz Leute an ihren Tisch, tauschten für Nora unverständliche Infos aus, tranken auch schon mal aus Pedros (ursprünglich Peter, Beeder!) Glas, der eifrig nachfüllte, die Oliven herumreichte, nachbestellte. Endlich kam er von selbst auf diesen Mario, der doch wohl selbst hier unter all den schrillen Farben eine besondere Stellung einnahm. Pedro sprach über ihn mit einer gewissen Distanz, er blähte und protzte nicht so ungeniert wie bei den ganzen anderen Filmstars, Bandleadern, Medienmogulen und sonstigen Berühmtheiten, die alle seine sehr guten Freunde waren. Er blieb seltsam vorsichtig und indifferent. Das war für Nora ein sicheres Zeichen, daß er nicht übertrieb. Er hatte Respekt. Vielleicht sogar Angst.

Dankenswerterweise kam er auch wieder auf Anja und Fred zu sprechen. Zwischen vielen Bussis und Hallos. Zwei junge Männer hatten sich an ihren Tisch gesetzt. Mitte, Ende Zwanzig, offensichtlich ineinander verliebt. Als Pedro sagte, Nora wäre eine von der *Residencia,* schienen sie zu erstarren. Der eine war blond, schmal und trug eine Art griechisches Tempel-T-Shirt zu schwarzen Radlershorts, der andere war älter, dunkelhaarig, auch schlank, aber lässiger, Seglershorts und Ringelpulli. Die Gläser der roten Brille hatten mindestens fünf Dioptrien. Er hielt gerade Pedros Glas in der Hand, knallte es hart auf den Tisch und stand wieder auf. «Man sieht sich», er legte seinem Freund die Hand auf die Schulter, der stand sofort auf, lächelte entschuldigend. Sie gingen. Pedro wartete, bis sie außer Hörweite waren.

«Der Blonde, das war Dieter. Dieter Brevor. Seine Eltern wohnen auch in der *Residencia.*» Nora sah diesen ladestocksteifen Gerd und eine unscheinbare Hanne. Pedro schenkte sich den Rest aus der Flasche ein. «Sie sind nur seinetwegen hergekommen, aber sie wußten nicht, daß er *gay* ist. Großes Entsetzen und jetzt Funkstille. Blöd auf so'ner kleinen Insel. Ich mein, Fred und Anja sollten da irgendwie vermitteln. Dieter leidet darunter. Er liebt seine Mutter. Der Vater ist der Arsch. Aber...» Plötzlich schwieg er. Nora konnte es kaum glauben.

«Wie sind sie so, Anja und Fred?»

«Nu ja, nett. Anja sieht toll aus. Fred ist ein echter Kumpel.»

«Ich dachte, Freunde?»

«Ja, logisch», er schien plötzlich verlegen, «schon. Aber irgendwie kennt man sich hier nicht so richtig. Nicht so wie Freunde früher. Manchmal kommt's mir vor wie Eisberge, man sieht sich dauernd, aber immer nur die Spitze oben. Und keiner fragt nach. Manche Leute fragen einen, wovon man lebt. Dann ist der Ofen doch gleich aus. Das ist zu privat.» Er stand abrupt auf. «Isses ja auch.» Er beugte sich plötzlich zu ihr runter und küßte sie. «Schön, daß du da bist. Wann immer was ist, wende dich an mich. Tag und Nacht.» Noch ein weißes Zähnestrahlen, und er war verschwunden. Der Kellner kam herbei, zupfte die Rechnungsbons unter dem Aschenbecher hervor, schlupfte sie wie ein ordentliches Paket Spielkarten zusammen und schob sie unter ihr Rechnungstellerchen. Seufzte tief auf.

«*Otra?*»

Nora nickte mutig. Zeigte mit den Fingern, daß sie eine kleine Flasche wollte, und grapschte nach den Bons, sobald der Kellner sich umgedreht hatte. Dreieinhalb Flaschen, dazu die jetzt noch bestellte, das kam auf fast sechstausend Peseten. Ein satter Hunderter in D-Mark. Nora fühlte sich aufgekratzt, sie hatte auch Pedro richtig eingeschätzt. Sie hatte allerlei erfahren. Georg sollte schauen, wie er sie fand. Der Kellner brachte wieder eine kleine Flasche, dazu ein Tellerchen mit Käsewürfeln. Nora zahlte und gab ihm ein (zu?) reichliches Trinkgeld. Er seufzte wieder auf. Nora knabberte Käse. Er hält mich für eine von diesen dummen

Tussis, die sich problemlos flöhen lassen, dachte sie, aber der Gedanke erheiterte sie nicht. Im Gegenteil. Sie hatte die Schnauze voll. Außerdem hatte sie Hunger. Sie überlegte, ob sie hier irgendwo essen gehen sollte, als ein freies Taxi vorbeikam. Sie steckte zwei Finger in den Mund und pfiff. Das Taxi hielt. Die Entscheidung war ihr abgenommen. Nora sprang auf, lief an die Straße und stieg ein. Das Taxi fuhr sofort los. Erst dann spürte sie den vertrauten Druck der Gasbehälter unter ihrem Sitz, erkannte den pockennarbigen Fahrer. «*A donde?*» fragte er und grinste sie im Rückspiegel an. Zahnlückig. Erkannte sie nicht. Natürlich. Nora wünschte, Spanisch sprechen zu können.

«*Residencia del Sol*», sagte sie leise, das Grinsen verschwand, ein sandalenbewehrter Fuß drückte das Gaspedal heftig durch, Nora wurde in den Sitz gepreßt, in den Kurven gegen die Türen geschleudert. Hinter den Fenstern schwarze Nacht. Er schien absichtlich die dunkelsten Straßen zu nehmen.

18

Anja fror. Es war saukalt, aber das war es nicht allein. Sie zog die Kapuze ihres Sweatshirts über den Kopf und knöpfte die Wetterjacke bis obenhin zu. Freds Gesicht war kaum zu erkennen, verkrampft stand er über das Ruder gekrümmt. Im Westen hing eine schmale Mondsichel, keine Sterne mehr, der Himmel fleckig grau wie eine alte Militärdecke. Im Osten die ersten Silberränder an den Wolken, ein Hauch von Rosa auf den Kanten der Steilküste. Es würde schnell gehen, sie hatten nicht viel Zeit. Sie mußte ihren Arm schräg halten, um die Uhr zu entziffern. Schon halb sieben. Verdammt spät. Wenigstens hatten sie jetzt ein normales Motorboot, für eine Woche gemietet, im voraus bezahlt. Niemand hatte sie gesehen, als sie den Hafen verlassen hatten, und wenn, niemand hätte sie beachtet. Es war kein Wetter zum Fischen.

Fred fuhr jetzt nah an der Küste, der Motor tuckerte ruhig, das Echo, das die Felsen zurückwarfen, klang wie ein zweites Boot. Anja sah sich nervös um, hörte Fred lachen, lachte mit. Etwas zu schrill, aber immerhin. Sie hatten verdammt lange nicht mehr zusammen gelacht.

«Die pennen doch noch um die Zeit!»

«Die pennen doch überhaupt!» Fred steckte zwei Zigaretten an und gab ihr eine davon. Kleine Glühpünktchen stoben in den Wind. Die Wolken hatten sich zu einer rosasilbrigen Spirale gedreht, eine Perlmuttschnecke mit dem Venusauge in der Mitte. Gläsernes Lichtblau bis hinüber zum verblassenden Mond. Die Zigarette half. Ihr Hirn begann Morphin oder sonstwelche Drogen auszuschütten, jedenfalls fühlte sie sich sehr viel besser. So wie bei einem Schulausflug, wenn man noch bei Dunkelheit das warme Bett verläßt, um hinauszuziehen in ein Abenteuer.

Es war kein Problem, den kleinen Fischerhafen wiederzufinden. Früher hatten hier vier oder fünf Boote gelegen, heute waren die Schutzdächer aus Pinienholz längst verwittert und verweht, und selbst die salzgehärteten Sabinastämme waren weggerissen, geborsten oder abgesackt. Nur zwei der hölzernen Landeschienen waren noch intakt, ja, sie wirkten gepflegt und regelmäßig benutzt. Fred stellte den Motor ab und brachte das Boot in Position, dann zog er seine Windjacke aus und sprang mit der Leine über Bord. Wartete auf Anja. Sie hatten Shorts an und Plastiksandalen und im Rucksack Bergstiefel, Taschenlampen und ein Seil. Anja kletterte vorsichtig vom Bug aus ins flache Wasser und half Fred ziehen. Das Boot glitt geräuschlos auf den glattgeschälten Holzstämmchen aufs Ufer hinauf. Sie versuchten, es unter den Resten des Piniendaches zu verstecken. Dann hockten sie sich auf die Felsen, trockneten ihre Füße und zogen feste Schuhe an.

Die Sonne stieg über den Horizont. Eine Dunstschicht verdeckte sie, färbte sich und ließ sie endlich frei, zögernd fast. Das wölkerne Venusauge hatte sich aufgelöst, Lichtbündel strahlten hoch wie Gottesfinger auf einer alten Votivtafel. «Hey», Fred zerrte an ihrer Kapuze. «Komm, los, wir haben keine Zeit. Jeder, der hier vorbeikommt, kann das Scheißboot sehen!»

Anja stand auf. Nein, es war kein Ausflug. Ein schmaler Pfad. Kaum zu erkennen im Geröll, aber doch deutlich oft begangen. Die Stufen, zum Teil in den Fels gehauen, zum Teil mit aus der Küste herausgesägten Steinquadern sorgsam aufgebaut, waren tief ausgetreten, grün vermoost, nur aus der Ferne wirklich als Treppe zu erkennen.

«Ich wette, Piraten haben die Treppe angelegt», sagte sie zu Freds Rücken. Er trug jetzt den Rucksack, sah sich nicht um.

«Ach was, das waren die Ureinwohner hier. Fischer, die ihre Beute hochtrugen.»

«Für Fischer gab's bequemere Wege.»

«Wie denn? Mit dem Bus?»

Wieder lachten sie beide, hier im Fels klang ihr Lachen seltsam verloren. Anja keuchte. Hustete. Sie hatte nur drei Tassen starken Kaffee zum Frühstück getrunken. Aber sie hatten eine Thermoskanne mit Tee dabei, Wasser, Cognac und jede Menge Müsliriegel. Sie lernten aus ihren Fehlern. In den Seitentaschen des Rucksacks steckten außerdem zwei Fahrtenmesser und eine 38er Smith & Wesson mit ausgefeilter Nummer. Angeblich stammte sie von einem legendären Bilderräubertrio aus Chicago. Nicht registriert und mit Munition für fünfzigtausend Peseten. Fred hatte das Ding als Antiquität gekauft.

Sie erreichten das Ende der ersten Treppe, jetzt ging es ein Stück eben am Hang entlang. Der Pfad war keine vierzig Zentimeter breit, Kies und Steine lösten sich, bröckelten hinunter über den schartigen Abhang. Anja wagte nicht, hinunterzusehen, Fred drehte sich um, hielt ihr die Hand hin, stieß mit dem Rucksack gegen die Felswand und wurde nach vorn katapultiert. Sie riß ihn zurück, er schrammte sich das Knie auf. Weiter. Die Stufen waren jetzt merklich schmaler und weiter auseinander. Die Fischer-Piraten damals mußten Riesen gewesen sein. Fred schnaufte nicht mal. Er bewegte sich konzentriert und ausgeglichen. Anja begann zu schwitzen. Die Sonne stand jetzt über der Dunstschicht, fahl und verschwommen. Es würde heiß werden und schwül.

Der nächste Pfad war breiter, es gab sogar kleine Buchten und Nischen, der Fels hatte sie vorgesehen. Die erste Höhle. Fred leuchtete hinein. Sie war nur knapp zwei Meter tief. Vor Jahren hatten Camper oder Hippies hier gepicknickt und wohl auch übernachtet. Leere Weinflaschen, Reste von Wasserflaschen aus milchigem Plastik, Kerzenreste und rührende kleine Botschaften mit Filzschreiber wie *Make love not war*, das *Peace*-Zeichen oder auch Herzen mit Pfeil und Namen. Norman & Karin, Jan & Inga, Pepe & Sylvie.

Die letzte Treppe. Steil und schmal. Fred hatte Mühe mit dem Rucksack. Anja kroch ein paarmal auf allen vieren. Nicht runterschauen, nicht rauf. Nur genau bis zur nächsten Stufe. Noch eine, noch eine. Plötzlich war Fred weg. Lautlos. Einen Panikmoment lang dachte sie, er wäre auf der anderen Seite des Berges abgestürzt. Dann sah sie sein Gesicht. Grinsend. Er half ihr das letzte Stück hoch. Stand auf einem kleinen Plateau. Eine richtige Terrasse vor dem Eingang der Höhle. Einem Loch von nicht viel mehr als einem Meter. Und über dem Eingang wölbte sich der Fels wie ein gigantisches Walmdach. Glattpoliert wie Schiefer.

Das war die Höhle. Das wußten sie beide. Hier oben gab es nichts mehr, keinen Pfad, keine Stufen. Nur kreischende Möwen, Wind und tief, tief unten das Meer. Helltürkisgrün im ersten Rund und danach tieftintenblau. «Anja!» Fred gab ihr die eine der beiden Halogenstablampen, dann suchte er noch einmal mit dem Marineglas das Meer ab. «Alles klar», er bückte sich, um in die Höhle zu kriechen.

Anja sah ihn verschwinden, als letztes die graue Profilsohle seines linken Stiefels. Ihr war schlecht. Kotzübel. Dunkelheit, Enge, keine Möglichkeit zur Umkehr. Vorsichtig ging sie in die Knie und robbte vorwärts. Leuchtete hinein in den Höhleneingang. Nichts. Und dann die Lampe von Fred. Seine dumpfe Stimme rief etwas. Es klang, als wäre da sehr viel Raum um ihn herum. Sie robbte weiter. Kühle Luft, ein fremder Geruch. Abgestanden? Scheiße, nein, billiges Haarwasser. Sie richtete sich auf und ließ den grellen Strahl der Lampe herumwandern.

Die Höhle war gigantisch groß. Es gab weder Stalagmiten noch Stalaktiten, es gab nur blankgewaschene Felsrundungen, vom Meerwasser vor Jahrhunderten, Jahrtausenden. Höhlen, Bögen,

Kuhlen. Ein ganzes System miteinander verzweigter Höhlen schien sich vor ihr aufzutun. In einer Ecke leuchtete etwas Rotes. Anja richtete die Lampe drauf. Eine zerknüllte Malboroschachtel. Sie leuchtete den Boden ab. Jede Menge ausgetretener Zigarettenstummel. «Hey!» Fred schien etwas entdeckt zu haben, seine Lampe verschwand hinter einem Bogen. Es sah verrückt aus, das Licht hinter den Höhlenfelsen. Wie eine Benson-&-Hedges-Werbung oder wie die Algarveküste bei Sonnenuntergang. Anja hatte das Gefühl zu fliegen. Sie kam durch eine Art Höhlenflur zu einem neuen Raum. Dagegen waren alle die anderen Vorhöhlen nur Löcher gewesen. Diese Halle mußte den ganzen Fels bis obenhin einnehmen.

Anja hatte Mühe, Luft zu bekommen. Sah die Szene oben auf dem Felsen. Ein Stück Steilküste, ein wundervoller Fernblick. – Ein Range-Rover, vollgepackt mit jungen Leuten, fährt juchzend bis ganz vor an die Kante. *Heavy Metal.* Die eierschalendünne Restfelsdecke knackt, knirscht, BRICHT ein.

Sie schrie. Fred kam angerannt. «Ist ja gut. Komm. Wir gehen.»

«Nein. Nein, noch nicht.»

Sie mußte es selber sehen. Klammerte sich an Fred fest, knipste ihre Lampe aus, um Energie zu sparen. Vergaß ihre Panik.

Eine supermoderne Lagerhalle, mit meterhohen Regalen aus Aluteilen, Gabelstaplern, Schienen, Rollen, Seilen, Leitungen, Ölflecken auf dem Boden und Spuren im Sand.

Alles war leer.

«Weg!» Anja kreischte plötzlich auf und rannte zum falschen Ausgang, Fred holte sie ein und leuchtete ihr heim. Sie lachte wieder, heulte immer noch. «Sie wissen alles. Sie sind uns zuvorgekommen! Sie lauern auf uns!»

«Ist ja gut. Komm erst mal raus!» Fred hielt sie fest. Leuchtete, war sicher. Sie atmete tief durch. Fred drückte sie. «Das kann doch seit Wochen ausgeräumt sein, seit Monaten, Jahren! Ganz ruhig!»

«Nein!» Sie rannte schneller, sie sah das kleine Tageslichtloch. «Nein. Sie waren vor kurzem da. Gestern. Ich hab dieses italienische After-shave gerochen, ganz deutlich, der Tabakgeruch war weg, es gibt also einen anderen Kamin oder Ausgang.»

«Okay, du hast recht.» Fred kicherte. «Sie waren in Eile. Sie haben was übersehen.»

«Wovon redest du?» Sie waren draußen, und Anja dachte nicht mehr an die grausig-steilen Treppen hinunter zum Meer. Weg, nur weg.

«Ich zeig's dir nachher, komm!» Er packte sie an der Hand und rannte los, als wären sie zwei kleine Kinder im Park. Lachte. Jubelte. Fand alles großartig.

Sie stolperte hinter ihm her. Zurück schien der Weg kürzer. Die Sonne stand noch nicht wirklich hoch, schien jetzt genau auf die Küste, direkt hinein in alle Spalten und Risse und Falten. Machte es leicht, den Weg zu finden. Feuchtigkeit stieg auf, Salz und Schweiß brannten sich in die Haut. Fred war vor ihr, gewandt wie eine Bergziege, schien zu wittern, wenn sie unsicher wurde, hielt sie, stützte sie. In ihrer Schulkindheit hatte Anja mal die Benediktenwand erklommen, und von daher wußte sie, daß der Abstieg das eigentlich Gemeine war, das wirklich Mühsame. Aber hier war es umgekehrt. Die Treppen ließen sich – zumindest schräg – relativ bequem runtersteigen, die schmalen Bergpfade wirkten im Sonnenlicht reichlich breit, Anja begann, ruhiger zu werden. Der letzte Pfad, die letzte Treppe. Kein Boot, kein Schiff, kein Niemand zu sehen weit und breit. Sicherheit. Nur noch ein letztes Stück zu dem kleinen Fischerhafen. Ihrem Boot, das nicht mal einen Namen hatte, nur eine Nummer wie ein Bankkonto.

Fred war als erster dort, löste die Leinen, ließ es hinab ins Wasser rutschen, warf den Rucksack hinein. Schob, Anja half ihm. Sobald das Boot frei schwamm, sprang er hinein und half Anja rüberzuklettern. Drehte sich um und ließ den Motor an. Klick. Klick-Null. Null. Der Motor sprang nicht nur nicht an, er machte nicht einmal den Versuch zu einem Startergeräusch. Fred suchte, kramte herum, leuchtete mit der Stablampe auch unten hin. «Ha!» Ein Jubelruf, er kramte wieder im Rucksack, verschwand unten, tauchte wieder auf. «Sie haben das Zündkabel gekappt.

Aber ich hab eins dabei. Ich hab auch Zündkerzen mitgenommen, Ventile, Batterien, alles.» Er strahlte wie ein kleiner Junge unterm Weihnachtsbaum. «Ich hab sie ausgetrickst.»

«Du bist super.»

«Liebst du mich, Anjamaus?»

«Und wie!»

«Dann duck dich, mach dich ganz flach. Sie sitzen da oben irgendwo in den Felsen, und sie werden auf uns schießen.»

Sie klemmte sich knapp hinter die grellgelben Schwimmwesten. Hoffte, daß sie einen zusätzlichen Schutz abgaben. Hatte keine Angst mehr. War cool. Erstaunlich cool. Vollkommen cool. Sie schaute zu Fred, der sich hinter das Ruder gehockt hatte und nur ab und zu kurz hochschaute. Es war kein Speedmotor, er brauchte Zeit. Fred schaute zurück zu den Felswänden. Er spielt Indianer, dachte Anja, er findet das lustig. Karl May, tralala.

Dann kam der erste Schuß.

Anja sah nur einen kleinen Spritzer im Wasser, hörte nicht mehr als ein Mücken-Pfft. «Runter!» Anja warf sich flach auf den Boden. Gott, sie schossen wirklich!

Fred lag quer unter dem Ruder, drückte das Gas mit der Hand durch, schaute nur immer ganz kurz hoch, wohin sie fuhren. Soweit sie es sehen konnte, aufs offene Meer hinaus. Plopp, Plitsch, Pfft, immer noch Schüsse. Klonk. Einer hatte die Bootsverkleidung getroffen. Plastik? Blech? Anja fand das Geräusch nicht mehr bedrohlich. Wollte sich aufrichten. «Runter!» Fred brüllte. Gab Gas. Anja legte sich wieder hin. Sie war es müde, immer und unentwegt Entscheidungen zu treffen. Ließ Fred fahren. Ja, gut. Raus aus der Schußlinie, dann im Bogen zurück in den Hafen. Er hatte ja recht. Ihr Kopf war keine extrem gehärtete Bootsrumpfschale, es war nur simpler Knochen. Zu dünn für Pistolenkugeln. Anja rollte sich zu einem Embryokringel zusammen und versuchte ihre Verstandeskontrollen auszuschalten. Nein, nichts, keine Gefahr. Sie hörte nur noch das Röhren des Motors und dann die Stimme von Fred. «Rauskommen! Alles vorbei! Alle Mann an Bord!!!»

Er stand da, neben dem Ruder, das aussah wie das Steuer eines

Kinderautos, grinste und bot den unsichtbaren Schützen in der Felswand seine nackte Brust. «Wir haben es, Anjamaus, sie können uns nicht mehr erreichen.»

«Das war knapp», sie kletterte zu ihm hin und setzte sich dahinter. Auf dem sonnengebräunten Streifen zwischen Hose und T-Shirt glitzerten Schweißperlen. «Und jetzt?»

Er beugte sich leicht zurück, schmiegte sich kurz an sie, ohne den Kopf zu drehen, bückte sich und kramte in dem Rucksack neben seinem Knie. Holte einen Plastikbeutel hervor. Pladderdick, milchigweiß. Ein Pfund? Ein Kilo? Zwei? Schwenkte ihn vor ihrer Nase, sie schwieg. «Hey, Maus, weißt du, was das ist? Ein echter Piratenschatz! Reiche Beute, so wie früher Gold, Diamanten und Rubine! Schnee am Kilimandscharo!» Er küßte das pralle Plastik, leckte sich die Lippen ab. «WOW!»

«Wo», sie mußte sich räuspern. «Woher?»

«Gefunden. Sie haben es verloren, vergessen!»

«Nein.»

«Aber logo, sie waren in Eile. Mann, das Ding war hinter eins von diesen Regalen gerutscht, weiß wie die Wand.»

«Die Wand war dunkelgrau. Und sie waren verdammt sorgfältig, sie haben alle Spuren verwischt, alles saubergemacht.» Sie sah, daß Fred mit einem Fingernagel eine kleine Ecke aufpolkte, etwas von dem weißen Puder rausdrückte, zuerst mit der Zunge kostete, dann die weiße Fingerkuppe in sein Nasenloch schob. Er grinste breit.

«Feinste Ware.»

«Eine Falle», flüsterte Anja, Fred hörte sie nicht, er nahm noch eine Prise und verschloß dann sorgfältig das kleine Loch.

«Hmmm, schmatz. Wir könnten zehn Prozent für uns behalten, die Differenz strecken und mit dem Rest Don Ramón glücklich machen. Oder unglücklich, denn als Bankboss ist er natürlich eher geil auf unsere Hypothekenzinsen. Wenn's ein Kilo ist, dann bringt es locker...»

«Eine Falle», unterbrach sie ihn schrill, «es ist eine Falle!»

«Was? Ach, Anjamaus, was für eine Falle denn?!»

«Sie haben auf uns geschossen.»

«Eben nicht. Die haben danebengeschossen. Absichtlich. Die treffen sehr genau, wenn sie wollen.»

«Und das Kabel?»

«Wenn sie uns wirklich krallen wollten, hätten sie nur die Benzinpumpe kaputtmachen müssen oder so was. Das Kabel hätte ich auch flicken können. Hätte nur etwas länger gedauert.»

«Fredi, uns hier am hellichten Tag abzuknallen wäre keine hübsche PR, ehrlich. Uns aber von den Bullen mit einem Kilo Koks hopsnehmen zu lassen, das würde sich sehr gut machen. Oder?»

Fred antwortete nicht, nagte an seiner Unterlippe, drehte das Ruder, um zum Hafen zurückzukommen, seufzte. «Könnte auch sein. Klingt nicht ganz unlogisch.»

«Ach ja.» Anja hustete und spuckte ins Wasser. Fred lachte schon wieder.

«Also müssen wir für unseren Schatz ein sehr, sehr gutes Versteck suchen!»

19

Dieser Teil der Gemeindeverwaltung war in einem Neubau aus den frühen sechziger Jahren untergebracht. Eine Scheußlichkeit des ersten Touristenbooms. Niedrige Decken, dünne Mauern und große Fenster. Vor den Zimmern, in denen die *Escrituras* lagen, das Grundbuchamt, warteten die Menschen bis ins Treppenhaus hinunter. Es gab keine Lüftung, nicht mal einen Ventilator. Stickiger Mief von Schweiß, Staub und nur selten hervorgeholten Sonntagsanzügen, süßlichen Rasierwässerchen und diesem schwarzen Tabak, dessen brennender Wollsockengestank Nora an die pappedicken Machorkapapirossy der russischen Soldaten erinnerte. Direkt neben ihr paffte ein Bauer, dessen pockennarbiger Nacken sie an ihren Spezialfeind, den Taxifahrer, erinnerte, eine von diesen Dingern. Er paffte nicht mal, sie hing in seinem Mundwinkel und nebelte sie ein. Vor ihr eine Düsseldorfer Friseuse, zumindest den Haaren, dem Dialekt und dem Duft nach. Kein Stuhl weit und breit und kein Platz mehr auf der Treppe.

Sie schaute zu Georg hinüber, der sich an die Wand gelehnt hatte und dort zu dösen schien. Er sah blaß aus, seine Stirn war feucht. Er hatte keine fünf Stunden geschlafen, aber er wollte unbedingt herkommen.

«Jorge!» Eine Männerstimme von weiter oben. Georg wurde wach, winkte einem Mann in Jeans und Lacostehemd zu.

«*Ola*, Francisco!» er begann, sich hochzuarbeiten, die Leute machten ihm gutwillig Platz. Er erinnerte sich plötzlich an Nora, wandte sich um. «Da ist Francisco, der Architekt! Geh schon mal vor ins Café, warte auf mich!» Er lächelte plötzlich. «Die frische Luft wird dir guttun. Du siehst blaß aus.» Und arbeitete sich munter weiter.

Nora stieg die Treppe hinunter, hatte Mühe, durchzukommen, keiner wollte ihr Platz machen, so schien es, sie waren wie eine Mauer. Endlich. Aber die Luft draußen war kaum frischer als drin. Sie hockte sich auf ein Mäuerchen und wartete, bis das Flimmern vor ihren Augen nachließ. Zum Hafen runter waren es höchstens zehn, fünfzehn Minuten, aber als ein Taxi vorbeikam, wollte sie schon winken. Blieb sitzen. Konnte ja wieder Pockennarbe sein. Aus irgendwelchen Gründen haßte er Anja und Fred oder die ganze Welt. Er hatte sie gestern nacht aber doch gut heimgebracht, wenn auch zum dreifachen Preis. Sie hatte ihm kein Trinkgeld gegeben, was ihn nicht sonderlich zu beeindrucken schien. War zum Bungalow gelaufen, um Georg alles brühwarm zu berichten, und hatte alles dunkel vorgefunden. Eine uralte Frau blieb stehen und fragte, ob sie ihr helfen könne. Nora rappelte sich hastig auf: «*No, no, gracias*», und schleppte sich weiter. Wasser, Luft, Atem. Aus einer Tür kam eine Wolke von ranzigem Öl, ein Schulbus stieß schwarze Dieselrauchzeichen aus. Nora ging schneller. Bloß nicht gerade hier schlappmachen. Gott, war sie müde. Sie hatte so gut wie überhaupt nicht geschlafen.

Georg war erst weit nach Mitternacht gekommen. Total zu, aber aufgekratzt wie drei grüne Kater. Er hatte sich ein Bierchen geholt und ihr einen Piccolo, und dann hatten sie Ergebnisse ausgetauscht. Georg hatte natürlich wieder Gott und die Welt kennengelernt, unter anderem auch diesen Francisco sowieso, den Architekten, der versuchte, die Inseln, die Landschaft und die Geschichte möglichst zu erhalten statt zu zerstören. Er war trotz aller Widerstände ziemlich weit nach oben gekommen, und er hatte einen gewissen Einfluß. Und er hatte – Norchen halt dich fest – die *Residencia* mit entworfen. Sie sah den ersten Segelmast zwischen zwei Häusern, noch hundert Meter. Gleich die erste Bar am Meer. Es war eine kleine Eckkneipe mit integriertem Friseur. Nora setzte sich entzückt an einen der Außentische, hörte hinter sich das Schrapp-schrapp des auf einem Lederband geschärften Rasiermessers. Eine reine Männerkneipe.

«*Que quiere?*» Der Kellner stand sofort da. Ein kleiner Junge von höchstens zehn mit Stubsnase und Mausezähnen. Nora bestellte sich einen großen *café con leche* und lehnte sich erleichtert zurück. Sie war zwar mit Georg in dem anderen Café verabredet, aber erstens kam er sowieso hier vorbei, und zweitens konnte er gut auch mal warten. Der Junge brachte den dampfenden Kaffee zusammen mit einem Glas Wasser. Nora lächelte, er grinste mausezahnig. «*De nada!*» und verschwand.

Der Kaffee war heiß, die Milch geschäumt, Nora trank mit Genuß und fühlte ihre Lebensgeister zurückkommen. Im Prinzip hatte Georg nicht viel anderes erfahren als sie. Diese Gellerts, Anja und Fred, jeder kannte sie, keiner wußte etwas über sie. Gerüchte ja, aber keine greifbaren, nichts Böses, nichts Gutes. Niemand liebte sie, aber richtige Feinde hatten sie auch nicht. Sie hatten Erfolg mit ihrem Plan für eine Seniorenresidenz, und natürlich gab es jede Menge Neider. Nora kannte die Geschichten, die auf so einem Boden entstehen. Man durfte nicht mal ein Zehntel glauben. Die ersten ernsthaften Informationen würde Georg jetzt von der Gemeindeverwaltung mitbringen. Schwarz auf weiß. Sie überlegte, ob sie nicht noch einen *café* und eine *ensaimada* bestellen sollte. Diese duftig-lockeren Schnecken, die so puderzuckerleicht schmeckten, wenn man sie nicht – wie Georg – in den Kaffee stupfte.

«Die schöne Nora!» Sie fuhr hoch. Pedro, der DEFA-Spanier. Heute vergleichsweise zivil, ohne Sombrero und Silber, nur schlicht schwarz mit Strohhut. «Hast du schon gehört?» Er setzte sich, bevor sie etwas sagen konnte. «Mario ist tot.» Er wartete auf eine Reaktion, als die nicht kam, winkte er nach dem Kellner. «Herzschlag. Heute nacht gegen elf. Die waren sofort da mit der Ambulanz, kann man nichts sagen, aber es war zu spät. Da war er schon im Koma. Intensivstation, alle Geräte auf Volldampf, aus.» Der Junge kam und brachte Kaffee, *ensaimadas* und einen kleinen *coñac* für Pedro. Der zwiebelte seine Schnecke auseinander und stupfte sie in den *café* «Es gibt natürlich jede Menge Gerüchte. Er war mit einer schönen Frau zugange. Namen zuhauf! Oder einer verheirateten Frau! Eines Politikers! Der kam zu früh zurück und so weiter...» Er schlabberte das feuchte Teigstück aus. Nora trank ihr Wasser, es schmeckte leicht brackig.

«Mario ist tot?»

«Ja, endgültig. Soviel ist klar. Aber die Begleitumstände liegen im dunkeln. Es könnte ja auch Mord sein!» Pedro stand auf, trank seinen letzten Schluck im Stehen. «Gab genug Feinde, CIA zet Be. Marilyn Monroe oder Kennedy. Du verstehst, hä?»

Er warf ihr noch ein Küßchen zu, nahm – aus Versehen – ihre *ensaimada* und rannte davon. Nora blieb noch einen Moment sitzen, zahlte dann alles und ging an der Hafenmole entlang zurück zum alten Hafen und zu dem Café am Platz. Dieser Mario interessierte sie nicht so sonderlich. Sie kam zu dem Brighton-Café und fand sogar einen freien Stuhl. Legte ihre Tasche neben sich. Es war noch früh am Tag. Der alte Ober von gestern. Er mußte Tag und Nacht durcharbeiten. Sah auch so aus. Nora wollte noch einen *café* bestellen, sagte aber *vino*. Laut und deutlich. *Vino blanco de marca. Rioja.* Der Kellner stutzte, zögerte, wollte schon gehen, blieb doch stehen. «*Possiblamente mejor un pequeño champan? Con zumo de naranja?*» Na ja, das war ja vielleicht freundlich gemeint, aber Nora ließ sich nicht gerne bevormunden. Auch wenn er recht hatte, Sekt mit Orangensaft war bekömmlicher. Sie haßte es, wenn Kellner glaubten, schlauer zu sein. Sie wechselte von ihrem schlechten Spanisch zu Englisch: «*Please bring me what I ordered. White Rioja, same like yesterday. Some Tapas, if you have.»*

Er schluffte weg. Noch ein Feind. Es war still, nur ein paar Newcomer, keine Schaumschläger, die mußten den Rausch von gestern nacht ausschlafen. Nora war sehr überrascht, als sie nicht nur den Wein (ganze Flasche, Kühler) bekam, sondern auch zwei Tapastellerchen, eins mit streichholzdünnen Kartoffelchips, das andere mit Tintenfischringen. Nora lächelte ihn schmelzend an und legte ihm einen dicken, fetten, goldenen Fünfhunderter als Trinkgeld zur Rechnung. Der Kellner zögerte, berührte das Geld nicht, schaute kurz um sich und beugte sich zu ihr herunter. Leise und in fast akzentfreiem Deutsch: «Dieser Mario, gestern abend an Ihrem Tisch. Er ist tot. Herzinfarkto. Kein Sohn, kein Erbe, kein Niemand. Schade um das viele Geld.»

«Ja. Schade. Wer bekommt das Geld denn nun?»

«Spanischer Staat. Oder Testament. Ich weiß nicht. Ich bekomme nichts. Sie?»

«Bitte?» Nora verstand nicht.

«Sie bekommen? *Residencia*? Deutschfrau?»

Nora konnte nur noch matt den Kopf schütteln. Der Kellner schluffte weiter, unbewegten Gesichtes. Und dann kam schon Georg in einem ganzen Pulk von schnatternden und wild gestikulierenden Spaniern jeden Alters. Sie verabschiedeten sich mit brüderlichen Umarmungen, als müßten sie sich für Jahre trennen. Georg hatte sie erspäht und kam zu ihrem Tisch geeilt. Setzte sich und trank ihr Glas leer. «Bäh, ich will ein Bier.» Wie ein Kind, kümmerte sich aber nicht weiter um sein Bier, sondern schlug einen geheimnisvollen Ton an. «Dieser Italiener, von dem du erzählt hast, du weißt schon, dieser Mafioso vom ersten Abend, du weißt doch?»

«Ja. Er ist tot.»

«Ja, genau. Herzinfarkt. Sie haben ihn in...» Er sah sie an. «Woher weißt du das!??»

«Auch ich ermittle, wenn auch nur auf meine bescheidene Art. Das ist unser Ober dort drüben, falls du dir ein Bier bestellen willst.»

«Ich versteh's nicht. Du sitzt hier ganz allein rum und weißt schon alles!»

«Georg, die Buschtrommel hier flitzt schneller als jedes Blitztelegramm, und sie kommt zu einem, man muß nur hier rumsitzen.» Sie sah, daß der matte Ober fragend zu ihr herüberschaute, sie nickte und deutete auf Georg, dann stupste sie Georg, damit er sein Bier bestellen konnte. Ebensogut hätte sie es selber bestellen können. Sie nahm einen Schluck Wein. «So, und jetzt erzähl du mir, was ich alles noch nicht weiß!»

«Der Grmbchtrk...» Er kaute und zog an einem zähen Stück Tintenfisch, hatte Probleme mit seinen Zähnen, mümmelte hilflos. Nora gab ihm unauffällig ein Tempotuch, er spuckte das Zeug aus, wickelte es ein und deponierte es hinter seinem Stuhlbein. Sein Bier kam, er nahm einen langen Schluck und bestellte gleich noch eins. Der Ober warf einen nachdenklichen Blick auf das zusammengeknüllte Taschentuch auf dem Boden und schleppte sich dann wieder davon.

«Der was?»

«Der Grundbucheintrag. Scheint alles in Ordnung. Wir sind mit Francisco alles durchgegangen. Ich hab's aufgeschrieben, kann ich dir nachher alles zeigen. Fred und Anja Gellert sind die Besitzer, allerdings haben sie nur einen Teil angezahlt, also gehört's noch der Bank und dem Staat. Rat mal, wer die Bürgen sind. Dr. Carlos Mendoza, der Arzt, und José Maria Bach, dieser Kriminalspecht im hellblauen Anzug. Außerdem haben sie noch die Privatvilla, in der wir am ersten Abend waren, die ist fast abgezahlt und dient schon wieder als weitere Sicherheit. Und der Wert von dem ganzen Kram liegt etwa bei einer Million. D-Mark.»

«Das ist nicht viel, oder?»

«Ich meine, die beiden haben das alles für knapp fünfhunderttausend gekauft. So steigen hier die Preise.»

«Sieht also alles koscher aus?»

«Ja, und der Laden scheint zu brummen. Bisher haben sie vier Apartments verkauft und drei Bungalows. Die anderen Bewohner sind gerade in Deutschland oder sonstwie verreist. Scheinen alle ganz gut bei Kasse und Gesundheit zu sein. In den letzten fünf

Jahren hat es drei Todesfälle gegeben, eine Dame mit Schlaganfall wurde nach Darmstadt geflogen, ein Mann wurde von einer alten Tropenkrankheit eingeholt. War übrigens mit dieser Gundula liiert – man beachte die Wortwahl.»

«Und dieses Ehepaar Uchtmann. Rosa und Pato.»

«Unfall. Waren begeisterte Segler und beide Ende Siebzig.»

«Hm. Was gibt's sonst für Gerüchte?»

«Jede Menge und wieder keine. Das ist seltsam. Die Gellerts sind seit zehn Jahren hier, jeder kennt sie, jeder hat schon mal mit ihnen zu tun gehabt. Aber keiner scheint wirklich etwas über sie zu wissen, ihnen nähergekommen zu sein. Sie sind nicht beliebt, nicht unbeliebt.»

«Eher unbeliebt.»

«Ja, wenn schon. Aber hier gibt es eine Menge Neid. Gerade auf Ausländer, die etwas Naheliegendes entdecken, smart sind und auch noch Geld machen. Immerhin wird immer zugegeben, daß die beiden hart arbeiten. Vor allem Ancha, wie sie hier sagen.»

«Wie klingt das alles für dich?»

«Ich finde, wir können es wagen. Pachtkauf natürlich nur. Dafür können wir das Geld lockermachen, oder?»

«Sicher. Und wir könnten ja jederzeit wieder verkaufen.»

«Nicht soo einfach. Die Gellerts haben ein Vor-Rückkaufsrecht, verständlich, sie wollen die Kontrolle behalten, sich die Leute aussuchen. Haben aber im Moment kein Geld übrig. Sie würden versuchen, uns hinzuhalten.»

«Zwingen könnten sie uns nicht, oder?»

«Nein. Aber wir sind hier Ausländer. Es würde dauern. Wenn, dann müßten wir schon wollen.»

«Hm», Nora knabberte an einem Kartoffelstick, sie durfte ihn jetzt nur nicht drängen, «willst du denn?»

«Und du?»

«Wir müßten die Wohnung in München endgültig aufgeben, alle Bilder verkaufen, die meisten Möbel und Bücher, nur einen geringen Teil herbringen...»

«Wir können neue Bilder kaufen. Dieser Javier Marisqual, du weißt schon, der mit den verdrehten Barhockern und dem Olympiamaskottchen, der macht auch Aquarelle, witzige, bunte Dinger, ich würde sofort eins kaufen!»

«Dafür haben wir dann aber kein Geld mehr.»

«Wir können doch was tun! Artikel schreiben, übersetzen, irgendwas! Also, ich finde, wir bleiben. Allein schon die Vorstellung, daß jetzt in Deutschland der Herbst anfängt! Regen, Kälte, Nebel... und das auf Monate hinaus!»

«Einverstanden. Ich fühl mich auch sauwohl.»

«Norchen!» Er umarmte sie, schmatzte ihr einen warmen Bierkuß auf die Backe und jubelte. «Ich hatte schon Angst, du würdest kneifen. Ach, Norchen, wir haben drei Schlafzimmer, sechs Betten, wir können immer ein paar von unseren Freunden bei uns haben.»

«Es gibt Gästezimmer im großen Haus.»

«Na also!» Er klatschte nach Gutsherrenart in die Hände. Zu Noras Entsetzen kam der schlappe Ober angerannt. «*Champan*», bestellte Georg lässig, «Cava, Brut.»

«Georg!»

«Wir müssen feiern, Norchen. Denk doch bloß, wir sitzen hier draußen in der Sonne, und in München gießt es, friert es bald, könnte es in paar Wochen schon schneien.»

«Vielleicht wirst du den Schnee bald vermissen.»

«Ich? Nie im Leben! Norchen, wir sind ja erst kurz hier, aber ich schwör's dir, mein Rheuma ist fast weg. Ehrlich!»

Nora lächelte, strich ihm zärtlich über die schlechtrasierte Wange. Ein mit jungen Leuten vollgepfropfter Seat fuhr vorbei. Heftiges Winken und Brüllen. «*Hey, Jorge! Hasta pronto!*» Georg winkte begeistert zurück. Er wirkte selber wie zwanzig. Oder eher zwölf. Der müde Ober brachte den Champagner, einen neuen Kühler und wieder zwei Tellerchen. Gesalzene Erdnüsse und Mandeln. Er räumte den Tisch ab und öffnete die Flasche. Georg begann ein Gespräch mit ihm, Nora war abgelenkt.

Zwei kleine Jungen mit Fahrrädern. Stapel von kleinen Plakaten, die sie überall mit Tesafilm anbrachten. Fotokopien, die Schrift von Hand und mit breitem Filzstift, einige Teile mit Neonmarker nachträglich hervorgehoben.

JAZZ LIVE
THE PHOENIX DANCING DIXIE BAND
RESIDENCIA DEL SOL

Dann kam noch das Datum, heute, und die Zeit, ab acht Uhr abends. «Georg, schau dir das an. Das ist doch bei uns!»

«Hier, dein Glas. *Salud y amor* und ein langes Leben!»

Sie stieß mit ihm an, trank, schmeckte nichts, lächelte. Eine große *fiésta*, so kurz geplant und angekündigt, genau an dem Tag, an dem Mario starb.

20

«Sag mal, bist du jetzt vollkommen übergeschnappt!?»

«Fredi-Liebling, nein, ich bin nicht übergeschnappt. Ich weiß genau, was ich tue. Und bitte spiel mit!»

«Aber wir können doch hier keine Party feiern, genau an dem Abend. Das sieht doch reichlich seltsam aus!»

«Findest du? Wir kannten Mario doch kaum. Er war einmal bei uns, da waren viele. Er war alt, Herzinfarkt, tja, *sorry*, aber was hat das mit uns zu tun?»

«Das ist für uns die Rettung! Kapierst du nicht, Anjamaus, es ist unsere Rettung! Der alte Sack hat den Löffel abgegeben! Wir sind wieder frei!»

«Ja, genauso sehe ich das auch. Nur außer uns weiß das ja keiner. Und die, die's wissen, müssen jetzt die Schnauze halten. Vaterlos, wie sie sind. Nein, unsere kleine *fiésta* hat damit nichts zu tun. Sie ist zur Feier unserer Neuzugänge Nora und Georg gedacht.»

«Und dazu müssen wir gleich eine ganze Jazzband engagieren?»

«Ach, die Phoenix, die sind s-u-p-e-r! Echt niedlich, du wirst sie lieben. Und die anderen erst. Swing! Wir müssen was tun, nicht einfach nur rumsitzen. Und so teuer waren sie gar nicht, und es kommen eine Menge anderer Gäste. Jetzt mach nicht so ein Gesicht. Fredi-Schatz, bitte. Und zieh die weißen Jeans und ein schwarzes Hemd an, okay? Das mit den Silbernieten?» Anja wartete, bis er sein Glas abgestellt hatte und sich tatsächlich umzuziehen begann. «Sag mal, wo hast du denn jetzt das kleine Päckchen versteckt?»

«Erzähl von der Band!» Er war unter der Dusche, mußte brüllen. «Wie viele sind es?»

«Zwischen zwölf und fünfundzwanzig. Kaum einer jünger als sechzig. Sie kommen aus Southampton und spielen seit hundert Jahren zusammen. Es macht ihnen SPASS, verstehst du. Es S-W-I-N-G-T!»

«Am Hafen. In einer alten Ruine.» Seine Stimme war kaum zu verstehen unter dem Röhren, das der Durchlauferhitzer bei der Arbeit machte. «Ich hab's extra verpackt. Plastik und Silberfolie und noch mal Plastik.»

«Und wieviel hast du abgeknapst?»

«Wenig. *Just for fun!*» Er kam aus dem Bad, dampfend, braun gebrannt und topfit. Er hatte ein Handtuch über seine Wichtigkeiten geschlungen und grinste. Die Haare waren naß nach hinten geklatscht, er hatte ein Döschen in der Hand und legte zwei Linien aus. Hielt ihr das Löffelchen hin. «Komm, Anjamaus, nur für uns zwei.» Er hatte noch etwas zwischen den Fingerspitzen, zerrieb es, strich es sich unter das Handtuch. «Wir haben noch eine Menge Zeit, bevor die Geier kommen.»

Sie ging zu ihm. Er strich ihr mit den Fingerkuppen über die Lippen. Sie zog sich aus.

«Na komm schon, Santa Claus», er lachte und warf sich auf sie. Lachte, sang.

«*Jingle bells, jingle bells, jingle all your way ...*»

Anja hätte gern noch eine kleine Siesta eingelegt, aber an Schlaf war nicht zu denken, mit dem ganzen Zeug in und an ihrem Körper. Sie fühlte sich erregt und geladen und allem gewachsen. «Du bist schön», sagte er, als sie vor dem großen Schrankspiegel stand. «Zieh ein Kleid an, ja? Für mich. Das rote aus dieser Glibberseide.» Er beugte sich über sie, wühlte im Schrank, zog den Bügel heraus und faßte ihr mit der anderen Hand zwischen die Beine. «Hier, das. Und nichts drunter. Uaah, das macht mich ganz verrückt.»

«Oh, Gott, es ist gleich sieben!»

«Du darfst weiter Fred zu mir sagen.» Er stieg in seine Hosen, ächzte. «Ich paß nicht rein, komm, wir schieben noch eine kleine Nummer dazwischen.»

«Protz nicht so rum», sie zog das Kleid an, die kühle Seide fühlte sich gut an auf ihrem überhitzten Körper. Die andere Party fiel ihr ein. Sie hatte das Minikleid aus T-Shirttrikot angehabt, und Fred hatte gesagt, wenn Mario dich so sieht, wird er sich den Bypass ausreißen. Und jetzt. Mario war tot. Sie empfand eine Woge der Erleichterung, Befreiung, des Glücks. Ja. Uneingeschränktes Glück. Fred war fertig und stellte sich neben sie. Seine weißen Jeans beulten sich noch immer aus, das schwarze Hemd fiel locker über den Gürtel und betonte seine schmalen Hüften, in den kleinen Silbernieten spiegelte sich die untergehende Sonne. Sie lehnte sich leicht gegen ihn. «Na?»

«Zieh die Schuhe an. Du weißt schon. Die roten Lack.»

«Da brech ich mir doch sämtliche Knöchel!»

«Du mußt nicht arbeiten heute. Das können Iris und Bartolo und die beiden Marias machen. Du bist die Königin.»

«Und du?»

«Dein Frosch. Hey, schau dir das mal an. Ich finde, wir sehen wirklich nicht übel aus. Bei aller Bescheidenheit.» Sie blieben noch einen Moment vor dem Spiegel stehen. Lächelnd, aneinandergelehnt. «Das Paar des Jahres.» Er küßte sie in den Nacken. «Dieser Georg will nur Pachtkauf. Du mußt ihn überzeugen, daß Kaufkauf viel günstiger ist. Für ihn. Und ich mach mich an Mutti ran. Morgen früh sollten die Unkosten für die Party wieder drin sein.»

«Es ist keine Party, Schatz. Jeder zahlt. Und leider hat Bartolo nur den teuren Champagner bekommen!»

«Was für ein Jammer!» Er lief voraus, Anja hatte etwas Mühe, mit ihren extrem hohen Hacken über die locker verlegten Terrakottaplatten zum Rover hinunterzukommen. Fred half ihr galant in das hohe Auto. Fuhr ihr zuliebe langsam. Hatte immer noch die Beule in der Hose, wollte ihr eine Hand aufs Knie legen. Sie schob seine Hand weg. Doch bitte keine Schweißflecken auf dem makellosen Seidenkleid. Und dann nicht mal aus Leidenschaft, sondern wegen ein paar hängengebliebener Schneeflocken. Sie begann unkontrolliert zu lachen.

«Hast du was mit?»

«Klar. Die ganze Dose voll. Wir müssen ja nicht alles verkaufen.»

«Sei nur nicht so großzügig.»

«Die Musiker?»

«Die stehen auf Gin Tonic. Ganz *old-fashioned.*» Sie brach ab, als sie in die Zufahrt zur *Residencia* einbogen. Der Parkplatz war bereits voll, die Autos standen bis an die Straße. Auf den Terrassen, zwischen den Bungalows, in den beiden Bars, überall standen Leute, die Tische waren besetzt, Bartolo, Iris und die Marias rannten mit Tabletts hin und her. Beim Grillplatz hatten ein paar junge Spanier, Pablo, Joan und Toni, Freunde von Iris, eine riesige Paella vorbereitet, ein Berg von mariniertem Fleisch wartete, bis der Grill heiß genug war, Gerd, Paul und Lutz hatten karierte Schürzen um und machten Gesichter wie glückliche Pfadfinder im ersten Zeltlager.

Ihr Auftritt war bühnenreif. Sie kamen auf die vordere Terrasse, als gerade die Sonne unterging. Sie wurden angestrahlt wie von einem Kupfer-Gold-Spot. Schwarzweiß und rote Seide. Jemand klatschte. Fred verbeugte sich grinsend und machte ein kleines Zauberkunststück mit drei Münzen. Anja lief (so schnell es die Schuhe zuließen) auf die Musiker zu, die auf der zweiten Terrasse gerade ihre Instrumente aufbauten und anschlossen. Küßchen, Küßchen. Sie hatte die Namen vergessen. Ihr erschienen sie alle groß und schlank, grauhaarig und bebrillt. Zwei waren dunkel, einer hatte einen Bart. War das der Schotte oder der andere? Küßchen, Küßchen. Bartolo hatte sie bereits mit ihrem Lieblingsgetränk versorgt. Einer war sehr viel jünger. Ein Sohn? Der von John vielleicht, dem Schlagzeuger (angeblich sehr reich, berühmter Tennisspieler, Wimbledon 51–54), oder Adrian (dem genialen

Pianisten, hier «nur» Klarinette)? «*I'm so sorry, that we don't have a piano*», sagte sie. Brian (der Schotte?) winkte ab. Sie alle trugen blaue Hosen und gelbe T-Shirts mit ihrem Bandnamen. Phoenix. Und ein Phoenix, der gerade die Asche verließ.

Dideldidudum... erste Versuche auf der Trompete, dem Sax, der Gitarre. Anja begrüßte die Gäste, lächelte, arbeitete sich bis in die Küche vor. Jede Menge Bestellungen. Iris und die Marias schleppten bereits die Vorspeisen an die Tische. Es gab zwei Gedecke zur Auswahl. Grill oder Paella, als Vorspeise Salat oder Gazpacho, ein Krug Sangria inbegriffen. Alles lief, Iris schaffte das locker. So schien es. Anja war entschlossen, es so zu sehen. Morgen war ein anderer Tag. Sie lobte Iris und die Marias, bedankte sich bei Bartolo und den Paellajungs, sie gab ihr Äußerstes. Wandte sich endlich den Gästen zu.

Sie nickte hoheitsvoll zu den Gästen von außerhalb und umarmte Hanne, Katja, Gisela und Gundula, die sich wie Glucken um alles zu kümmern schienen. Suchte nach Georg und Nora. Konnte sie nirgends entdecken. Es war dunkel. Die auf Alt-Berlin getrimmten Terrassenlampen ließen alles außerhalb des Lichtkreises wie tiefste Nacht erscheinen. Zwei helle Punkte. Da kamen sie, über den Sandweg mit Taschenlampen. Anja wollte ihnen entgegenlaufen, erinnerte sich gerade noch an ihre Schuhe, wartete.

Fred war da. Fred lief in die Dunkelheit hinein, nahm sie beide unter die Arme und schleppte sie hoch ins Licht. Brachte sie auf die zweite Terrasse. Gönnte ihnen nicht mal einen ersten Drink. Oh, Gott! Nahm das Mikro der Musiker und klopfte dran. Nein! Scheiße, Fred, mach das nicht!!! Es wurde ruhig. Fred sah aus, als wollte er wieder *Jingle bells* singen. «Meine Damen und Herren, *Señoras y Señores*, wir begrüßen Sie hier zu unserer kleinen Begrüßungsparty für die neuen Gäste, Mitbewohner und Mitbesitzer der *Residencia del Sol*. Georg und Nora Weber. *Welcome to the island!!!*» Er klatschte, dann klatschten auch die anderen, die Musiker spielten einen Tusch.

Und da standen sie. Dieser Georg in abgewetzten Cordhosen und zerknittertem Flanellhemd, Frau Nora in schwarzen Himalajahosen und einem (nein, es durfte nicht wahr sein!) Coca-Cola-

T-Shirt. Die beiden sahen so ramponiert aus, daß man ihnen am liebsten einen Duro in den Hut geworfen hätte. Pachtkauf kam nicht in Frage, nur cash. Anja ging zu ihnen hinüber und erlöste sie. Fred grinste.

«Haben Sie schon einen Platz? Was möchten Sie essen? Mögen Sie Sangria? Oder lieber Champagner?»

«Bier», sagte er und sie:

«Weißwein.»

Anja wollte sie zu einem abgelegenen Tisch im Schatten bugsieren, aber die beiden bestanden auf einem der Plätze vorn. Holzbänke und Balkentische, die sonst auf der anderen Seite im Pinienwald standen und nur für das Fest hergebracht worden waren. «Hier sind wir näher dran, ja, danke, wir nehmen Gazpacho und Paella, ein Bier und Wein. Marquès de Cacerés, wenn Sie den haben, der ist recht gut.» Nora setzte sich, während dieser Georg schon bei der Band stand und mit den anderen Grauköpfen fachsimpelte, als wäre er einer von ihnen.

Anja kniff sich ein Lächeln ab. «Alles klar, ich kümmer mich selber drum.» Die würden satt löhnen müssen. Die führten sich hier zu selbstsicher auf. Alle die anderen hatten immense Anpassungsprobleme gehabt. Alle bis auf die zähe alte Gundula. Die mußte man auch im Auge behalten. Na ja, es war ja nicht mehr für ewig. Anja ging in die Küche, um die Getränke zu holen. Die vorderen Tische hatte sie eigentlich für die Spanier freihalten wollen, die Leute aus der Stadt. Sie hatte den Bürgermeister eingeladen, Vertreter der beiden großen Parteien, Carlos natürlich und José Maria. Alle, die sie kannte und deren Freundschaft wichtig war. Von ihnen nahm sie natürlich kein Geld, und so würden fast alle kommen, allerdings erst sehr viel später, nicht vor zehn.

Als sie zurückkam, waren die anderen Holztische auch schon besetzt. Wie auf ein Zeichen, hatten sich die anderen *Residencia*-Bewohner auch zu Nora gesetzt, es waren aber auch eine ganze Menge neue Gäste gekommen, Hausbesitzer oder Touristen, die die Plakate gesehen hatten. Sie stellte Weinflasche und Glas vor Nora hin, hatte Mühe, die Flasche zu öffnen, der Korken bröselte. Nora nahm ihr den Korkenzieher und die Flasche ab. «Ich mach das schon. Bringen Sie uns noch eine und ein paar Gläser mehr? Wer macht alles mit bei dem Weißwein? Hanne, Katja, Gisela? Alle. Ach, es kommen ja sicher noch mehr. Gundula, du?» Anja registrierte, daß Nora sie siezte, die anderen aber duzte. Dämliche alte Schlampe! Nora hielt sie am Arm fest. «Anja, setzen Sie sich doch ein bißchen zu uns. Iris kann das machen.» Sie stellte auf magische Weise einen Blickkontakt zu Iris her, die am entgegengesetzten Ende des Platzes Teller und Bestecke aufstapelte, gab ihr ein paar geheimnisvolle Handzeichen, und Iris schien zu verstehen. Anja versuchte, sich der alten Kralle zu entziehen, aber sie hätte Gewalt anwenden müssen. Ihr Lächeln verkrampfte schon.

«Ja, gern, für eine Minute.»

«Ein tolles Fest. Wissen Sie, Georg und ich, wir sind richtige Jazzfreaks.»

«Sie fühlen sich also wohl hier?»

«Ja, es ist herrlich. Wenn unsere Möbel erst kommen und unsere Platten, dann werden wir Sie einladen.»

«Sagen Sie mal, dieser Mario ist tot?!» quäkte plötzlich Gundula dazwischen. Anja hätte sie am liebsten erwürgt. Sie senkte den Blick.

«Ja, das habe ich auch gehört. Herzinfarkt.»

«Könnte auch Mord sein», zwitscherte Katja, «es heißt, er war einer von der Mafia.»

«Nein», Anjas Stimme klang zu scharf. «Nein, nein, das haben die natürlich als erstes untersucht. Aber die Autopsie hat nichts anderes ergeben als Herzinfarkt. Er war immerhin achtundsiebzig. Und er hatte schon einen Bypass.»

«Die können hier so was?!» piepste Hanne. «Eine Autopsie?»

«Hanne», hustete Gundula, «wir sind doch nicht in Afrika!»

Die Frauen begannen ein heftiges Streitgespräch über Ärzte, Anja glaubte schon, sich davonstehlen zu können, da sagte plötzlich Nora neben ihr leise: «Das ist schon seltsam. Diesen Mario habe ich bei Ihnen kennengelernt, erinnern Sie sich, unser erster Abend in Ihrem Haus an der Küste. Ein herrliches Haus übrigens. Na ja, und jetzt gerade vor ein paar Tagen habe ich ihn wiedergesehen. In diesem Café unten an dem Platz, das so englisch wirkt. Er saß neben mir. Er und seine Leibwachen. Verrückt. Und jetzt ist er tot.» Anja bewegte sich nicht. Nora sah sie nicht an, hatte aber immer noch eine Hand auf ihrem Arm. «Sie kannten ihn wohl sehr gut?»

«Ich? Nein!» Anja zog ihren Arm weg, Nora drehte sich zu ihr her. Ein rundes Gesicht voller Falten und Runzeln, zotteligem Haar (selbst getönt und geschnitten!) und schmalen, funkelnd dunklen Augen.

«Weil er von Ihnen gesprochen hat. Anscha nannte er Sie. Mit weichem italienischem sch. Mein Italienisch ist leider ziemlich eingerostet.» Sie lächelte, und ein Strahlenkranz von neuen Fältchen blinkte über ihr Gesicht. «Alles habe ich natürlich nicht verstanden.»

Anja saß jetzt am äußersten Rand der Holzbank. Niemand hielt sie fest. Sie hätte aufstehen und weggehen können. Sie konnte sich nicht bewegen. Aus. Alles aus. Mario war endlich tot, und hier saß diese widerliche, alte Schildkröte und grinste ihr ins Gesicht. Sie zwang sich, Luft zu holen, ruhig zu atmen.

«Sie sprechen Italienisch?»

«Na ja, wie man's nimmt. Rom, Neapel, Perugia. Das ist schon sehr lange her. Ich war Fremdsprachensekretärin. Aber fast nur für Englisch und Französisch.»

«Was hat denn Mario noch alles über mich gesagt?» Es war raus, bevor sie es verhindern konnte. Idiotisch. Nora lächelte, und wieder krallten die Finger (silbern lackiert, bei dem Aufzug!) nach ihrem Arm.

«Vergessen wir Mario. Er hat's hinter sich. Trinken wir auf das Leben!» Iris brachte eine neue Flasche, einen Weinkühler und einen Strauß Gläser. Strahlte Nora an, wie Anja Iris noch nie hatte strahlen sehen. Nora nahm ein Glas und schenkte es für Anja voll, gab die Flasche zu den anderen Frauen hinüber. «Danke, Iris, du bist lieb. Hier die Damen, *help yourself!*»

Sie nahm ihr eigenes Glas und stieß mit Anja an. «Auf uns, die Jugend und das Leben.»

«*Salud*», Anja trank, erschrak, stellte das Glas hastig wieder ab. «Ich muß mich um die anderen Gäste kümmern...»

«Ja, das verstehe ich», Nora nahm einen kurzen Probeschluck, dann einen langen, «aber wir müssen uns bald mal zusammensetzen, über den ganzen Kram reden, den Kauf, den Preis, das Geld. Jetzt, wo wir endgültig beschlossen haben, hierzubleiben.» Wieder überzog ein Netz aus Lachfältchen das Gesicht. «*For the rest of our days ...*»

Anja schrie auf. Nicht laut, es war eher ein Stöhnen, und glücklicherweise begannen genau in dem Moment die Phoenix' zu spielen. Sie begannen mit einer alten BeBop-Nummer, um die Leute einzustimmen, und zitierten danach einen schmalzigen Bix Beiderbecke. Ausgerechnet das von einer Dixieband. Anja mußte gar nicht hinsehen. Natürlich dieser Georg. Der Seniorenguru. Spielte Cornet, lächerlich! Sie schaffte es endlich aufzustehen. Beknackte Gruftimusik. Jetzt legten sie Tempo zu, die ersten begannen auf der Terrasse rumzuhopsen. Gott, wie lächerlich. Das hatte doch mit Tanz nichts zu tun. Anja lächelte. Tat so, als würde auch sie sich im Takt der Musik wiegen. Lächelte, lächelte. Georg hatte sich das Mikro geschnappt, sang den Refrain. «*Slow River*», Kastratenstimme, krähte dazu noch: «*The oldies for the goldies!*» Verbeugte sich vor dem donnernden Applaus wie einer von diesen bescheuerten Clubanimateuren. Und hatte plötzlich sie entdeckt. «Ein Hoch auf Anja, unsere bezaubernde Gastgeberin!» Er legte das Mikro weg und kam auf sie zu, bevor sie ausweichen konnte. «Zieh die blöden Schuhe aus», befahl er, und sie tat es. Mein Gott, sie zog wirklich ihre roten Pumps aus und tanzte mit Georg. Barfuß. Ließ sich von ihm herumwirbeln, spielte das Spielchen mit, hörte den Applaus der anderen. Dann machten sie alle mit. Tanzten, sprangen, drehten sich. Alle Alten. Die Jungen blieben bei Paella und Grill und den schattigen Hinterplätzen.

Anja sah Fred mit der alten Gundula tanzen. Phoenix legte zu, aber Fred blieb bei Schmusetanz. Gundula versuchte halbherzig einen Tango. Sie entspannte sich etwas. Vielleicht hatte sie sich ja verhört. Alles in die falsche Kiste gepackt. Übernervös reagiert. Alles nur Zufall. Sie schaute zu Georg hoch, lächelte.

«Schnee», sagte er. Grinste breitmäulig. «Schnee. Schon bald ...»

Er sagte noch mehr, brabbelte, lachte, tanzte wie ein besoffener Bär. Hielt sie fest. Hatte sie. Aus. Ende. *Nada mas*. Ihr wurde schlecht, sie schaffte es gerade noch bis in den Schatten der Pinien. «Nein, laß mich allein! Geh! Bitte geh!» Sie hätte gern gekotzt, aber das ging nicht. Nicht hier und nicht in dem roten Seidenkleid. Wo waren die Schuhe? Jemand gab ihr ein Glas Wasser. Fred. Guter Fred. Sie begann zu weinen. Heulte los, konnte es nicht kontrollieren. Wußte, daß Fred das nicht checken konnte, lehnte sich an ihn. «Tut mir leid. Gleich vorbei.» Heulte weiter. Fred hatte den Arm um ihre Schulter gelegt, gab ihr Wasser, wartete.

Von hier aus sah es aus wie eine wunderschöne Party. Das Licht, die Musik, das Lachen der Menschen, der Duft von Öl, Fisch, und gegrilltem Fleisch. Knoblauch, Zwiebeln, Safran. Sie hätte gern einen Eimer gehabt. Ein dunkles Zimmer und den Schlaf *of no return*. Kotzen, schlafen, sterben. «Fred, Schatz, sie haben uns.»

«Ganz ruhig, Mäuschen, ganz ruhig, wird schon wieder.»

«Nein. Wird nicht. Diese Nora und Georg. Sie wissen alles über uns. Mario hat sie auf uns angesetzt.»

«Quatsch. Diese alten Penner?» Er lachte, sie hatte sich wieder etwas gefangen, richtete sich auf.

«Das ist doch nur Tarnung. Die wissen alles. Über die Uchtmanns und über den Koks. Alles!»

«Aber... aber... was wollen die denn damit anfangen?» Fred begriff nichts, wie immer. Anja fühlte sich schon besser.

«Erpressung. Sie wollen sich hier umsonst oder extrem billig einkaufen. So hat sie es mir zu verstehen gegeben.»

«Scheiße!»

«Genau. Aber Mario ist tot. Jetzt haben sie keinen Rückhalt mehr. Da läuft gar nichts.»

«Aber...»

«Fredischatz, es sind nur die beiden. Zwei uralte Schildkröten. Er hört nichts, kann kaum noch krauchen, sie süffelt gern einen und hat Übergewicht. Ich meine, die gehören nicht zum inneren Kern von Marios Gang. Das war Zufall. Marionetten, die er einsetzen konnte, um uns auszuforschen.»

«Und die anderen? Die Bodyguards?»

«Ach, das sind doch Zombies. Die haben keine Ahnung. Aber die Webers, die denken. Das ist Scheiße!»

«Ja und nun?» Fred hatte sich mit seiner schneeweißen 501 in ein Sandloch gesetzt, das zeigte mehr als alles andere, wie fertig er war.

«Weg.»

«Was?» Er verstand nicht. «Wir müssen rüber, die Paella ist fertig.»

«Gleich. Fred. Hör mir zu. Bitte!» Sie sah seine Augen, die Pupillen dunkel geweitet, feucht. Hundeblick. «Wir müssen es noch mal tun.»

Schweigen. Dunkle Augen. Hinter dem Pinienhain wurde es ruhiger, das Essen kam auf die Tische. Anja flüsterte. «Nur die beiden. Die letzten. Es geht nicht anders.»

«Anja!» ebenso leise, doch fast ein Schrei. Sie berührte ihn, streichelte ihn.

«Ganz ruhig. Es wird ein Unfall sein. Die Steilküste über der kleinen Bucht. Niemand wird etwas bemerken. Komm jetzt, wir müssen uns da vorn sehen lassen.»

«Anjamaus», er hielt sie zurück, «laß sie zuerst unterschreiben, hörst du? Zumindest einen Scheck. Ein *Big Beso. Cash. Claro?*»

«Ja, Fredischatz, daran hab ich auch schon gedacht. Und jetzt komm!»

21

Ssssss, ssssss, absolut widerliches Mückengesumm. An ihrem Ohr, an ihrem Auge, eine versuchte sogar, ihr ins Nasenloch zu kriechen. Nora wälzte sich im Bett herum. Die durchgelegene Schaumstoffmatratze würde sie als erstes austauschen. Die Laken klebten. Fast Oktober und so schwül wie am Chiemsee höchstens im August. Nein, sie beschwerte sich nicht, sie hatte nur genug, restlos genug. Kühle Bergseen, schattige Biergärten, das flammende Rot und Gold der Ahornbäume in den Isarauen, das wonnige Gefühl, nach einer Wanderung durch die klammen Herbstnebel heim in die geheizte Bude zu kommen. Der Duft von Zimt und Nelken. Akuter Anfall von Heimweh. Ein beinahe körperlicher Schmerz, gegen den Nora sich gefeit glaubte. Georg, ja, bei dem hatte sie damit gerechnet. Aber nein, keine Spur. Georg schien sich wohl zu fühlen wie der Karpfen im Teich. Blies Cornet und Sax mit den Jazzern aus Southampton, tanzte mit den Damen und soff mit den Herren. Vielleicht würde alles besser werden, wenn sie ihre Sachen hier hatten, wenn sie sich ihr eigenes Leben eingerichtet hatten. Ein Auto. Sie brauchten dringend ein Auto. Anja hatte ihr diesen Paco vorgestellt. Jetzt im Herbst waren die Preise für Mietautos erschwinglich. Er hatte ihnen einen runtergenudelten Citroën Mehari angeboten und seinen Seat Panda, den auch schon zu viele Touristen gefahren hatten. Der Panda war rot, das gab den Ausschlag. Sie hatte den Vertrag unterschrieben, wenn das Auto in den nächsten Wochen nicht zusammenbrach, würden sie es kaufen. Nora wälzte sich auf die andere Seite. Versuchte, wieder in den Schlaf zurückzufinden. Etwas drängte sich immer wieder in ihr Bewußtsein. Unangenehm. Das Auto? Vertrag. Sie hatten den Vertrag unterschrieben. Sie hatten den Bungalow gekauft. Sie hatten Geld kommen lassen. Telegrafisch. Geld statt Rechtsanwalt. Georg. Er hatte mit seinem Freund Francisco die Papiere geprüft und für gut befunden. Zweihunderttausend war billig für das Haus in der Lage. Sagten alle. Anja und Fred hatten fünfzig mehr gewollt.

Das war's. Anja und Fred. Nach dieser Jazznacht waren sie seltsam. Verändert. Nicht unfreundlich, eher im Gegenteil, sie überboten sich geradezu mit liebenswürdigen Angeboten und Aufmerksamkeiten. Es hatte genau in dieser Nacht begonnen. Nora versuchte immer wieder, diese Stunden zu rekonstruieren, hatte sie etwas gesagt, getan? Nein. Harmlose Oberflächenkonversation. *Small talk, nada mas.* Anja und Fred waren plötzlich verschwunden, tauchten dann wieder aus dem Wald auf. Paul und Lutz machten ein paar von Neid diktierte Anspielungen, aber Anja und Fred hatten keine Piniennadeln im Haar. Eher sahen sie aus, als hätten sie einen Geist gesehen. Blödsinn. Nora nahm sich ernsthaft vor, weniger zu trinken.

«Norchen», Georg schubbelte sie an der Schulter, «Norchen, aufwachen, komm schon. Action ist angesagt!»

Nora ächzte und wälzte sich herum. «Ist doch noch dunkel!» Das war ja ekelerregend. Georg saß da neben ihrem Bett, fertig angezogen und putzmunter. Er hatte sogar schon ihre Sachen rausgelegt. Oder hatte sie das gestern noch selber getan? «Was ist denn los, verdammt?!»

«Sonnenaufgang über der Steilküste. Na los, komm schon, zieh dich an. Gellerts warten am Tor auf uns.»

«Gellerts? Welche Gellerts?»

«Anja und Fred», Paukerstimme, «wir sind mit ihnen verabredet. Inselrundfahrt. Sie wollen uns alles zeigen. Und am Anfang steht der Sonnenaufgang.» Er packte ihre Schulter und drehte sie herum. «Jetzt komm schon, Norchen, wir müssen uns beeilen, es ist eine ziemlich weite Fahrt. Über die ganze Insel.»

«Ich kann jetzt nicht Auto fahren. Hab noch zu viele Promille im Dingsda ...»

«Nora, komm endlich. Wir fahren mit Gellerts Auto. Nun mach schon!» Igitt, gesteigerte Paukerstimme, gleich würde er mit dem nassen Schwamm kommen. Nora wälzte sich aus dem Bett und schleppte sich ins Bad. Aber Georgs muntere Stimme folgte ihr auch dorthin. «Sie haben sich den ganzen Tag für uns freigenommen. Sie bringen uns überallhin. Da gibt es kleine Dörfer in den Bergen, da war noch nie ein Ausländer!» Außer Anja, Fred und dem ganzen Altersheim. Nora hielt trübsinnig die Hand unter das braun tröpfelnde Wasser. Kippte den ganzen Kanister mit Trinkwasser ins Becken, wusch sich, putzte sich die Zähne. Musterte ihr verknautschtes Gesicht im Spiegel. Wimperntusche überflüssig, da demnächst Sonnenbrille, Lippenstift lächerlich, Diagnose: Unheilbar alt. Ein Zahn wackelte. Auch das noch. Es war der unter der Brücke. Nein, bitte nicht. Heute nur Flüssignahrung, sie rieb das Zahnfleisch mit Japanöl ein, bekam etwas vom Finger in die Augen, heulte. Das war nicht ihr Tag.

Georg hatte eine Taschenlampe. «Psst, die anderen schlafen noch!» Er schien es zu genießen. Nora stolperte hinter ihm her. Der Mond schien noch, ließ den Sand hell wie Schnee zwischen den Bäumen aufleuchten. Ein Steinchen im Schuh. Sie hatte extra die Super-Reeboks angezogen, sie würde sie nicht noch mal auffriemeln und zuzurren. Versuchte, durch Schütteln den Stein in eine weniger peinigende Position zu bringen. Georg rannte. Vor ihnen die Einfahrt, dahinter der Horizont. Weite. Georg fuchtelte mit der Stablampe herum. In den Bäumen flatterten die Vögel auf. Erregtes Zwitschern. «Mach doch die Scheißlampe aus!» fauchte sie. Er gehorchte wortlos. Schien verwirrt, daß Anja und Fred noch nicht da waren, die Vögel beruhigten sich nicht. «Sie sprechen sächsisch», Nora kicherte. «Hörst du das? Nu, gannste nich schneller machen, wir müssen noch weider!»

«Ich versteh nicht, daß die noch nicht da sind!»

«Zugvögel. Auf dem Weg von Leipzig nach Marokko. Oder so.» Nora gähnte. Ein tiefes Brummen legte sich über das Lärmen der Vögel, dann tauchte ein Licht hinter der Kurve auf.

«Da sind sie ja!» Georg ließ die Taschenlampe aufblitzen. Der wuchtige Rover hielt neben ihnen. Das Auto war so verdammt hoch, daß Nora die Hilfe von Georg brauchte, um raufzukommen. Fred sprang heraus, um auch Georg zu helfen.

«*Sorry*», murmelte er, «*sorry.*» Das war's dann auch schon. Er klemmte sich wieder hinter das Steuer und fuhr los. Schwieg. Anja saß neben ihm, drehte sich immer wieder zu ihnen zurück.

«Ihr werdet sehen, das ist ein Anblick, den man nie im Leben vergißt.» Sie schien den Faden zu verlieren, Nora half ihr.

«Sonnenaufgang.»

«Ja, ja. Das ist schon sehr beeindruckend.» Dann drehte sie sich wieder nach vorn. Nora verstand das. Abends machte man den Plan für einen lustigen Ausflug, und morgens sah alles ganz anders aus. Vor allem so frühmorgens. Nora hatte Mühe, die Augen offenzuhalten. Wenn diese Karre nicht so gerüttelt hätte, wäre sie problemlos wieder eingeschlafen. Georg fragte nach jedem Baum und jedem Dorf, Fred antwortete. Einsilbig, aber höflich. Nora verstand nicht mehr, wieso sie hier saß. Sie hatten ein Auto, und sie konnten sehr wohl selber die Insel erkunden. Das Auto. Es war nicht da gewesen. Sie waren an dem *Residencia*-Parkplatz vorbeigekommen, der kleine rote Panda stand am hinteren Rand zwischen den beiden Yuccas. Stand eben nicht.

«Das Auto!»

«Ja?» Das waren Anja und Fred gleichzeitig. Georg grunzte unwillig, weil sie gerade seinen Monolog über die Besiedlungsgeschichte der Balearen unterbrochen hatte.

«Unser roter Panda. Er ist gestohlen! Er stand nicht mehr auf dem Platz.»

«Ach, der Panda!» Anja drehte sich zu ihr nach hinten. Sie hatte wieder Jeans und Turnschuhe an, wie damals am Hafen. War sie also doch gewesen. Sie versuchte, über die hohe Rückenlehne hinweg Noras Schulter zu tätscheln. «Paco hat ihn noch mal geholt. Er sagt, er will eine neue Benzinpumpe einbauen und die Stoßdämpfer erneuern. Tut mir leid, ich hab völlig vergessen, euch das zu sagen.»

Schweigen. Fred fuhr jetzt spürbar schneller. Der Motor röhrte. Sie kamen durch ein schlafendes Dorf, durch ein weiteres. Dann wieder Landstraße. Ein schmales Teerband zwischen Mauern aus roten Steinbrocken. Ein erster Lichtschein am Horizont. Fred fuhr schneller. Nora sah, daß Anja Freds Knie umklammerte. Signale? Einbildung? Die Landschaft wurde immer kahler, steiniger. Die Mauern wichen zurück, der Asphalt wurde von Felsen abgelöst. Fred fuhr jetzt viel zu schnell. Nora saß verkrampft da und hielt mit beiden Armen ihre Brüste fest. Selbst Georg schwieg. *«Sorry»*, sagte Fred wieder, *«sorry»*, und Anja ergänzte im höflichen Ton einer Stewardess kurz vor dem Absturz: «Es ist wegen der Sonne. Wir müssen dasein, wenn sie kommt.»

Der Rover nahm eine letzte Steigung, röhrte noch einmal über eine besonders huckelige Wegstrecke, dann waren sie da. Keine Frage. Sie waren da. Eine breite Terrasse aus blankpoliertem Felsgestein, nur an den Seiten kleine Mastixbüsche und Kriechgras, nach vorn das große Nichts. Fred drehte den Rover und stellte ihn mit dem Rücken zum Meer, schaltete die Scheinwerfer aus. Nora kletterte ohne Hilfe aus dem Wagen und lief zur Küste vor. Im

Augenwinkel sah sie einen kleinen roten Panda, halb hinter einem verkrüppelten Sabinabaum versteckt, empfand aber nur ein kurzes Gefühl des Bedauerns. Wir sind nicht allein hier. Anja und Fred waren bei ihnen und würden sicher nicht mit munteren Hinweisen sparen.

Sie schwiegen. Erstaunlicherweise schwiegen sie. Sensibilität? Nora dachte nicht weiter darüber nach. War nur dankbar. Dankbar und glücklich. Ging nach vorn an die Klippen. –

Es war gewaltig. Die Unendlichkeit. Sie beugte sich vorsichtig nach vorn. Das Meer schien sehr weit weg zu sein. Tief unten. Und höllenschwarz. Kleine weiße Schaumkronen. Und eine winzige Bucht mit hellem Sand. Eingeschlossen von Dunkelheit. Nora hob den Blick. Der Morgenstern glühte im tiefen Blau des Himmels. Das Rauschen der Brandung klang wie das Rattern einer Reihe von Maschinen in einem altertümlichen Industriebetrieb. Raff, Raff, Raff, Raffeldiraff, Raff. Nora war wie betrunken. Ging noch einen Schritt weiter, noch einen. War allein auf der Welt. Glück.

Spürte plötzlich jemanden neben sich. Georg! Nein. Anja.

Sah das Gesicht, als hätte sie es noch nie wahrgenommen, verzerrt, alt, scharf. Nahm einen Fuß wahr, einen schneeweißen Nike quer vor ihrem linken Reebok. Irgendwie sah das witzig aus. Eine Art Werbeclip. Clip, Klippen. «Nora!!» Sie hörte Georgs Warnschrei, aber sie hatte schon reagiert. Als der Nikeschuh sich hob, spürte sie den Stoß gegen ihre Schultern, warf sich zurück, hakte gleichzeitig ihren Reebokfuß um Anjas Bein und riß sie herum, Schulterwurf. Katapultierte Anja über sich hinweg. Sah Armbewegungen, warf sich herum. Sah Fred und Georg kämpfen.

Fred hatte ein Messer. Schmales Butterfly, sie sprang ihn von hinten an, bevor er es Georg in die Kehle stoßen konnte. Dachte nicht nach, reagierte. Jemand schrie. Vielleicht war sie es selber. Fred lag am Boden. Fred schrie. Das Messer lag neben seiner Hand. Unerreichbar. Nora beugte sich über ihn. Er blutete. Hilfe. Trost. Er sprang sie plötzlich an. Griff mit beiden Händen nach ihren Knien. Sie knallte ihm die Handkanten an den Hals, trat ihn in die Nieren, trat ihn weg von sich. Oder war es Georg. Nora sah nur Fred. Rollen. Hörte ihn schreien. Sah seine Fingernägel, die splitterten im Versuch, sich im Fels festzukrallen. Dann war es still.

Georg hielt sie fest. Oder sie hielt Georg fest. Die Sonne schob sich langsam, fast genüßlich aus dem Wasser. Ein Farbrausch in allen Gelb-, Orange- und Rottönen.

Nora suchte nach dem Morgenstern, es gab ihn nicht mehr. Nichts war mehr wie vorher. Langsam drehte sie sich um. Keine Sterne mehr. Nie wieder. Sie sah den Rover wie eine mittelalterliche Burg gegen den heller werdenden Morgenhimmel. Gewaltig. Daneben die verkrüppelten Felskiefern. Aufblitzendes Rot. Der kleine Panda. «Sie wollten uns ...» Nora hustete, «töten, umbringen!»

Georg schwieg, hielt sie fest. Oder sich. Nora konnte nicht zum Meer hinschauen, sah immer nur zu dem Panda, der in der aufgehenden Sonne deutlich zu erkennen war.

«Sie haben unseren Panda hier raufgebracht, damit es wie ein Unfall aussieht. Ich stürze ab, du versuchst mich zu retten.» Nora wühlte in ihrer Umhängetasche nach dem Autoschlüssel. «Dieser Paco hat ihnen einen Zweitschlüssel gegeben. Oder kann man die hier an jeder Straßenecke nachmachen lassen?»

«Norchen!» Georg weinte, Nora sah plötzlich, daß er weinte. «Norchen, was sollen wir denn nun tun?»

Weg. Wir müssen hier weg. Sie nahm ihn am Arm und brachte ihn zu dem kleinen Panda. Er brüllte plötzlich, wollte zurück, sie klammerte sich an ihm fest. «Georg! Bitte! Komm zurück! Wir können nichts mehr tun! Es ist zu spät!»

Es war ihr Auto, sie erkannte es an der Rostdelle am hinteren Kotflügel. Nora bugsierte Georg in das kleine Auto und setzte sich hinter das Steuer. Weg. Weg hier! Sie wollte aussteigen, über die Klippen schauen. Die beiden Körper da unten sehen. Klein, verbogen und hell auf dem dunklen Sand. Der Motor sprang nicht an. Rassel-Rassel. Endlich. Sie gab zuviel Gas, der Panda schoß fast über die Straße hinweg.

«Norchen!»

«Schon gut.»

«Sie sind tot?»

«Ja.»

«Was haben wir ihnen nur getan?»

«Ich weiß nicht. Ich weiß es nicht.»

«Aber warum dann?!» Georg saß neben ihr, weinte. Nora fuhr den Wagen. Zurück in die Stadt, bevor alle aufwachten. Zurück. Nach Hause. Wo immer das war. Sie legte eine Hand auf sein Knie.

«Ganz ruhig, kein Wort mehr. Okay? Wir waren nicht weg. Wir wissen von nichts.»

«Norchen. Wir haben... getötet. Zwei... Menschen...» Die Tränen liefen ihm über das Gesicht. Sie konnte ihm nicht helfen. Es war schrecklich, ihn weinen zu sehen. Nasse Streifen auf seinen runzligen Wangen, silbrig in den weißen Bartstoppeln. Der Motor bockte, hustete ein paarmal. Wenn sie jetzt hier hängenblieben, war alles aus. Nora war sich nicht klar darüber, was sie vorhatte.

Georg. Sie wollte nicht hinschauen. Fremd, alt, verletzt und verloren. Was immer jetzt geschehen würde, es hing ganz allein von ihr ab. Allein. Es hämmerte in ihrem Kopf. Eine Art dumpfer Betäubung schottete sie gegen das ab, was hinter ihr lag, und gegen das, was weiter vorn war als die nächste Straßenkreuzung. Auf einem Feldweg sah sie einen Eselskarren, aber ein roter Mietpanda war hier so gut wie unsichtbar, es gab Tausende davon.

Sie vermied den Hafen, wo um die Zeit vermutlich schon Betrieb war, machte einen kleinen Umweg und war wieder auf der Zufahrt zur *Residencia*. Sie schaltete den Motor aus und ließ den Panda das letzte Stück bis unter die Bäume ausrollen. Geräuschlos unter dem erst allmählich nachlassenden Gezwitscher der Vögel. Niemand war zu sehen, in der Rezeption brannte noch das Nachtlicht, die Scherengitter vor den Türen waren geschlossen. Keiner der Bungalows war von hier aus zu sehen.

«Georg.»

Er bewegte sich nicht. Seine Augen waren jetzt trocken, sein Gesicht eingefallen und grau. Sie berührte ihn leicht an der Schulter. «Bitte!» Langsam wandte er sich ihr zu, starrte durch sie hindurch, bewegte sich aber, drückte mühsam seine Tür auf und kroch steifhüftig hinaus. Sie gingen hinten herum, unter den Bäumen hindurch bis zu ihrem Haus. Georg stolperte ein paarmal, sie stützte ihn. Sah sich um, bevor sie die Tür aufschloß. Die Sonne stand jetzt hoch genug, um die äußeren Ränder der größten Pinien hellgrün aufleuchten zu lassen. Fast golden gegen den bleigrauen Himmel. Im Haus drin war es immer noch so dunkel, daß sie Licht machen mußte. Sieben Uhr. Jemand mußte sie gesehen haben. Jemand war gerade die Treppe heruntergekommen und hatte sie auf den Platz fahren sehen. Jemand konnte fühlen, daß der Motor des Panda noch immer warm war. Georg ging zu dem Tischchen, auf dem die Flaschen standen, und füllte Brandy in zwei große Gläser.

«Sie schlafen alle noch», seine Stimme klang brüchig, «es ist erst sechs. Heute wurde die Zeit umgestellt.» Er trank, schien ruhiger, Nora nahm auch einen Schluck. Brennen. Sie durfte sich jetzt nicht betäuben. Sie mußte wach bleiben. Scharf nachdenken. Noch waren sie nicht in Sicherheit.

Ein krachender Donnerschlag ließ die Fenster klirren. Nora schrie auf und verschüttete ihren Brandy. Georg lächelte. Sie konnte es kaum fassen, er lächelte. «Das war zu erwarten. Daher diese irren Farben beim Sonnenaufgang. Es hängt schon seit Tagen über der Insel. Wird die Atmosphäre reinigen.» Das Licht flackerte, er schaltete die Lampe aus und stellte sich ans Terrassenfenster. Der erste Blitz zuckte über dem Meer auf, dann eine ganze Reihe, gleichzeitig, nebeneinander, übereinander. Senkrecht gezackt, schräg wellenförmig, breit ausgefächert. Die nächsten Donnerschläge waren weniger heftig, kamen aber so schnell hintereinander, daß man nicht mehr zählen konnte, wieviel Sekunden vergangen waren. Dann kam der erste Blitz, näher am Land. Kein Donner. Der Wind hatte sich gelegt. Ein kleiner Vogel flog beinahe gegen die Scheibe, drehte im letzten Moment erschreckt ab. Und dann setzte der Regen ein. Nicht leise, nicht nur ein paar Tropfen, es war, als würde ein Riese einen Eimer Wasser über ihnen auskippen. *Apocalypse now.* Weltuntergang. Nora bewegte sich als erste wieder, rannte durch das Haus, zog überall die Fenster zu, verriegelte die Läden. In Minuten verwandelten sich die

Sandwege in Flüsse und Wasserfälle. Rauschen, Gurgeln. Es hörte sich an, als würde das Haus von einer Sintflut überschwemmt. Es war, als wären sie allein auf der Welt. Keine anderen Bungalows, keine *Residencia*, keine anderen Menschen. Jedenfalls keine lebenden.

Es war wieder Nacht. Nora wollte das kleine Licht beim Rattantisch einschalten, es funktionierte nicht. Sie stellte sich neben Georg, der sich die ganze Zeit über nicht bewegt hatte. Stand neben ihm, ohne ihn zu berühren, und schaute hinaus. Die Bäume waren schwarz, gebeugt von den Wassermassen. Vor der Terrasse bildete sich ein See. Zwei reißende Flüsse mündeten in ihn und speisten ihn, vom Dach kamen Sturzbäche im Abstand der Ziegel, sprühten kleine Fontänen auf. Das Wasser stieg. Das Gurgeln war schon unter ihnen, unterhöhlte sie. Die untersten Terrassenstufen wurden von den Wellen verschluckt. «Füllt uns die Zisterne», Georgs Stimme war kaum mehr als ein Flüstern.

Der Regen hörte so schlagartig auf, wie er begonnen hatte. Es blitzte noch ein paarmal, Donner grollte und grummelte über dem Meer, die Wassermassen versickerten im Sand. Wind kam auf. Rauschte erst nur in den Bäumen, fetzte die letzten Tropfen von den Terrassenmöbeln, wurde stärker, ließ die Badesachen auf der Leine hinter dem Haus fliegen. Jaulen, Vibrieren der Fensterläden, ein Türflügel krachte zurück. Die Brandung war bis hier oben zu hören. Bongg, bongg, bongg. Nora konnte sich einbilden, die Erschütterung der Felsen unter ihren Füßen zu spüren.

Die kleine Sandbucht. Wellen brachen über die beiden Körper herein. Glieder verrenkt wie bei kaputten Puppen. Die Gischtkrone einer neuen Woge. Gekrümmt wie ein gieriges Maul. Haifischzähne. Schnappten nach den Körpern und nahmen sie mit. Verschlangen sie. Für immer.

Nora empfand eine seltsame Gelöstheit. Trank ihren Brandy, schmeckte die weiche Süße, stellte sich etwas näher neben Georg, berühren konnte sie ihn noch immer nicht.

22

Die Felsen waren steil und schroff. Es gab kaum Möglichkeiten, sich festzuhalten. Mit kraftlosen Fingern, gebrochenen Armen, blutigen Beinstümpfen, die nutzlos mitgeschleppt werden mußten. Weiter. Anja hatte einen Schuh verloren, der andere war blutdurchtränkt. Weiter. Höher. Nicht zurückschauen. Zu Fred. In weißen Jeans mit schwarzem Seidenhemd. Die Beine dunkel, feucht, leblos. Das Rückgrat gebrochen. Seine Hände krallten sich in den Sand, sein Mund war weit aufgerissen in einem stummen Schrei. Blut.

Nora schrie. Bekam keine Luft. Jemand hielt ihr den Mund zu. Schweiß, Brandy, Übelkeit. Heller Tag, Georg saß an ihrem Bett. «Ganz ruhig», er ließ sie vorsichtig los. «Geht's wieder?» Sie nickte. Er stand auf und brachte ihr ein Glas kaltes Wasser.

«Ich hab geträumt.»

«Ja. Ich bin nur kurz vor dir wach geworden.»

«Das wird noch oft passieren.»

«Warum! Wenn ich nur wüßte, warum! Ich versteh es nicht, das macht mich wahnsinnig!»

«Was ist mit den anderen?»

«Die sind mit dem Haupthaus beschäftigt. Da hat's reingeregnet. Statt in die Zisternen.»

«Und niemand hat sie bisher ... vermißt?»

«Ich weiß nicht viel mehr. Ich war nicht drüben. Ich hab ... Angst.»

«Wenn wir den Rover mitgenommen hätten, dann hätte man sie gar nicht erst dort gesucht.»

«Norchen», seine Stimme war kaum mehr als ein Flüstern, «die wollten uns töten. Die haben uns da raufgelockt, um uns umzubringen. Dieser Fred hatte ein Messer. Anja wollte dich über die Klippen stoßen. Sie wollten uns ermorden! Wir haben uns doch nur gewehrt.» Sie hatte ihr Wasserglas geleert, er brachte ihr ein frisches. «Warum können wir das nicht so sagen. Es war Notwehr!»

«Sie würden uns nicht glauben», sie nahm einen tiefen Schluck. «Wir glauben es doch selber nicht! Es gibt kein Motiv!»

«Das Geld.»

«Ach was. Wir haben den Vertrag unterschrieben, die erste Anzahlung gemacht und waren bereit, mehr zu zahlen. Es gibt kein Motiv. Und wir sind hier nicht daheim. Hier sind wir die Ausländer.»

«Aber was für ein Motiv sollten wir denn haben?»

«Glaubst du im Ernst, danach fragt hier jemand? Und wenn? Bis dahin braten wir in so einem Knast. Georg. Es gibt keine Gerechtigkeit.»

«Ach, Norchen», er lachte plötzlich, stand auf und ging in die Küche hinüber, um die Kaffeemaschine anzuwerfen. Der Strom ging also wieder. Nora versuchte, den Zeitpunkt festzumachen, an dem sie umgekippt war. «Drei Uhr alte Zeit, zwei Uhr neue», rief Georg aus der Küche. Nora setzte sich auf und ging zu ihm. Er packte Teller und Besteck heraus, Butter, Schinken, Käse, Tomaten. Machte eine Dose Ölsardinen auf. «Wir müssen was essen. Wir müssen bei Kräften bleiben. Es wird einiges auf uns zukommen. Ob das jetzt richtig war oder falsch. Es ist geschehen. Wir waren niemals im Leben da draußen auf der Klippe. Wir wissen von nichts.»

«Das Messer.»

«Hast du es angefaßt?»

«Nein.»

«Vergiß es. Auch das Auto. Wir haben damit nichts zu tun. Wir sind zwei alte deutsche Rentner.»

«Eben. Warum!»

«Es gibt ein paar Erklärungen. Alles ist Beschiß, Francisco hat sich geirrt oder ich mich in ihm. Aber das kann ich mir nicht vorstellen. Das würde nicht über Jahre laufen. Zweite Möglichkeit, sie fühlten sich von uns bedroht. Aber wieso! Oder dritte Möglichkeit, sie waren beide tralala, das kann ich mir nun wirklich nicht vorstellen.»

«Warum bringt man einen Menschen um. Das ist es doch. Oder? Doch nur, um dein Leben zu retten, oder?»

«Geldgier.»

«Von uns war nichts mehr zu holen, sie hatten schon alles.»

«Wenn wir perversen Kram ausschalten, bleibt nur noch Bedrohung. Aber wodurch konnten wir ihnen gefährlich werden.»

«Mario.» Nora bestrich einen Kracker mit Butter. «Alles begann an dem Tag, nachdem Mario starb. Die Jazzparty mit den Phoenix-Jungs. Ich sagte Anja, daß ich Mario noch kurz vor seinem Tod getroffen hatte. Ich meine, er saß am Nebentisch. Aber er redete von der *Residencia* und von Anscha. Das erzählte ich ihr.»

«Und ich quatschte von Schnee. Meine Güte, ich hab den in den bayrischen Bergen gemeint. Sie wurde bleich wie ein zu lang gekochter Sellerie.»

«Mafia?» Nora biß in ihr Brot, es schmeckte nach nichts. «Das darf doch nicht dein Ernst sein. Die zwei und Mafia?»

«Wenn sie sich von uns bedroht fühlten», Georg begann in der engen Küche auf und ab zu gehen, seine Stimme bekam wieder den Dozententon, «dann haben wir etwas gesagt, was sie mißverstanden haben. Für eine Drohung hielten, für Erpressung.»

«Ja und? Was kannst du getan haben, daß du eine Erpressung mit Mord beantwortest?» Nora verschlang ein weiteres Brot, diesmal mit doppelt Butter und Käse. «Was könnte das sein!?»

«Mord?» Georg stellte sein Glas ab. Hatte plötzlich nicht mehr Kaffee in der Pfote, sondern Bier. Nora legte ihr angebissenes Brot hin und nahm einen Schluck aus seinem Glas.

«Mach bitte einen Weißwein auf. Und gib mir ein Glas. Diese Uchtmanns?»

«Rosa und Pato?» Er stand mit dem Rücken zu ihr, mühte sich mit dem spanischen Korkenzieher. «Du meinst, es war Mord???!»

«Sie wollten aussteigen. Sie hatten das System durchschaut.»

«Was für ein System?» Georg stellte ihr die Flasche hin, der halbe Korken krümelte noch über dem Rand. Nora fusselte ihn weg.

«Sie nehmen uns aus. Sie geben Annoncen auf, sie bekommen Leute her, wie uns, sie ziehen uns das Hemd aus. Ich mein, zweihunderttausend für die Buchte da oben ist ein Haufen Moos. Und dann Pflegegarantie. Ich wette, die hatten das Ganze auf noch ein paar Jahre ausgerichtet und wären dann abgehauen. Ja, ja, so ist es nun mal, wir alten Tusselchen sind ein guter Markt.»

«Aber das ist doch lächerlich. Wenn du alte Leute mit Geld aus Deutschland rauslocken willst, dann mußt du ihnen doch ein bißchen mehr bieten als nur Pinien, Hitze und braunes Tröpfelwasser aus der Leitung.»

«Fraglos war das Ganze am Markt vorbei geplant.»

«Deshalb lief es auch nicht wie erhofft. Wenn sie wirklich diese Uchtmanns nur umgebracht haben, weil sie aussteigen wollten, dann stand ihnen das Wasser echt bis zum Hals.»

«Und jetzt?»

«Scheiße. Die totale Scheiße. Wir sind unser ganzes Geld los, haben nichts in der Hand, nicht mal ein Alibi. Und wenn uns nur irgend jemand gesehen hat, sind wir dran.»

«Wenn ich nur wüßte, warum!» Klopfen. Nicht an der Tür, am Küchenfenster. Sie sah einen Schatten gegen das Licht. Schloß die Augen. Fred. Den Alptraum würde sie nie wieder loswerden. Sie ging zur Vordertür und öffnete sie.

Der Bulle. Schmal, dunkel, Spechtgesicht. Diesmal in einem hellgrauen Anzug. Mit Gummistiefeln, über deren Kappen sich die Hose beulte, und einem Regenmantel, den er verlegen unter dem Arm zusammenknüllte. «Verzeihen Sie. Mein Name ist Bach. José Maria Bach. Sie erinnern sich? Ihr berühmter Komponist? Nun, der bin ich leider nicht.»

Nora merkte, daß sie mitten in der Tür stand. Gab den Weg frei. Jetzt kam es. Unausweichlich. Mit einer matten Hausfrauengeste bot sie ihm einen Platz auf dem Rattansofa. Der Bulle ging weiter, direkt in die Küche.

Saß auf ihrem Platz, als sie nachkam. Lächelte. «Könnten Sie mir wohl einen Kaffee machen? Ich meine, einen frischen? Danke.» Nora machte Kaffee.

«Besuchen Sie alle Ausländer hier? Señor Bach?»

«Nein. Und bitte nennen Sie mich José oder Pepe. Ich bin kein Señor. Ich bin nur ein einfacher Bulle.» Er lächelte und nahm ein

Glas Wein aus Georgs Hand. Nora setzte sich auf den dritten Stuhl und überließ die Kaffeemaschine sich selbst.

«Nun?» Nora lächelte ihn an, lächelte direkt hinein in seine glatte gelfrisierte Bullenfresse. «Nun? Was suchen Sie?»

«Nichts», José nahm einen Schluck Wein, «wir suchen nicht mehr. Wir haben sie gefunden. Er stellte das Glas ab und machte eine dieser typischen hochdramatischen Handbewegungen. «Zuerst das Auto. Diesen roten Rover. Bartolo hatte uns angerufen. Wegen diesem Unwetter. Er hatte sie gesucht, die Villa war nicht abgeschlossen. Sie hatten einen Geschäftstermin um zehn Uhr.»

«Von wem sprechen Sie, Mann?» Georgs Stimme hatte schon fast den autoritären Lehrerton zurückgewonnen. Nora konnte ihn nicht ansehen, hätte es nicht gewagt, etwas zu sagen. Der Kaffee war fertig, niemand kümmerte sich darum.

«Ancha. Sie war gute Frau. Zu schade für so ein Ende.»

«Wollen Sie...» Georg sprach bühnenreif. «Wollen Sie damit sagen, daß Anja etwas passiert ist, daß sie... womöglich... sie ist doch nicht tot!» Hör schon auf, dachte Nora, übertreib nicht! Sie sah auf. Der Specht schien auf ihren Blick gewartet zu haben.

«Nicht nur sie. Auch Fred. An der Stelle ist die Steilküste 241 Meter hoch. Oder tief. Die beiden Körper waren vollkommen mit Sand bedeckt. Der Sturm heute morgen. Er hatte sie regelrecht begraben. Zuerst dachten wir an einen Unfall, Sie verstehen. Sie stürzt ab, er versucht sie zu retten. So etwas in der Art. Todeszeit zwischen halb sechs und halb sieben. Die letzten beiden Diskos schließen um fünf. Alkohol...» Er hob die Schultern, nahm einen Schluck Wein. «Dann fanden wir das Messer.» Er machte eine Pause, klatschte dann plötzlich die Handflächen zusammen. «Schmetterling. Böse Waffe. Verboten bei uns in Spanien. Die Italiener, die mögen so was. Mafia.»

«Mafia?!»

«Ein Versuch, weiter nichts. Sie haben ja sicher die Gerüchte hier gehört. Aber es gab keine Stichwunde. Und an dem Messer nur die Fingerabdrücke von Fred.» Er stand auf, sein Stuhl kratzte mit einem widerlichen Quieken über den Plattenboden. «Bitte bleiben Sie sitzen!» Er klappte schnell die Schränke auf, zu, auf. Fand die

Tassen, schenkte sich Kaffee ein, trank, verzog das Gesicht, stellte die Tasse wieder ab. «Ich verstehe, daß Sie erschüttert sind. Alle. Es hat uns alle schwer getroffen.» Er nahm seinen feuchten Regenmantel auf, lächelte plötzlich charmant. «Ich hoffe nur, Sie haben keinen falschen Eindruck von unserem Land bekommen.»

«Was...» Nora räusperte sich. «Was geschieht jetzt?»

«*Ola*», er spreizte die Arme, der Mantel behinderte ihn, er legte ihn wieder auf den Stuhl. «Ich weiß es nicht. Ein Kollege aus Deutschland wird vielleicht kommen. Aber wir haben alle Spuren untersucht. Alle, die nach dem Unwetter noch zu finden waren. Sie waren gute Freunde?»

«Nun ja, wir sind noch nicht so lange hier...»

«Sie haben gekauft. Nein? Sie werden vielleicht bleiben? Ich hoffe es.» Er ging zur Tür. Zögerte. «Es ist ein schöner Platz. *Residencia del Sol.* Finden Sie nicht?» Er verbeugte sich leicht. Lächelte, tippte sich an die angeklebten Haare. «Wenn Sie Hilfe brauchen, ich bin für Sie da. Der Namensvetter Ihres großen Komponisten. *Adios amigos!*» Das Lächeln wurde zu einem breiten Grinsen, als er die Tür hinter sich schloß.

«Norchen...» begann Georg, sie brachte ihn mit einer Handbewegung zum Schweigen. Deutete auf den Regenmantel, der auf dem Küchenstuhl lag. Er würde gleich noch mal zurückkommen. Wie Columbo. Er würde immer wieder zurückkommen.

23

«Alles klar!» Martin hatte einen Sonnenbrand, seine Nase schälte sich schon. Seine ganze Verklemmtheit schien von ihm abgefallen zu sein. Er liebte es, Probleme zu lösen, und das Klima schien ihm auch zu bekommen. «Ich habe ja nur mal Jura studiert, aber ich habe das Zeug zu Bruckmann, unserem Justitiar, gefaxt. Alles klar.»

«Du bist ein Schatz», Nora küßte ihn. Drüben in der Poolbar spielten die Beatles auf CD, Bartolo und Iris räumten auf, die meisten Gäste waren schon gegangen. *Semana Santa*, die Osterwoche, der Beginn der Saison. Noch vorgestern hätte Nora keinen Duro für eine laue Frühlingsnacht gegeben. Verglichen mit München war es natürlich fast Sommer. Trudi, Haki, Susa, Nik, Gustl, Elfi, die Kids badeten sogar schon. Sie hatten im Winter geackert wie die Mulis, alles ohne Geld, nur für Kost, Logis und fünf Jahre Ferienrecht. Nora sah Martin nach, der über den Sandweg zu seinem Bungalow ging. Der erste, vorn am Platz, er schien unverkäuflich. Monster hatte die Idee gehabt, ihn zu einer Art *Little Villa Massimo* zu erklären. Künstler oder Kunsthandwerker würden hier Unterricht geben. Malen, Töpfern, Kochen, Sprachkurse, ein reichhaltiges Programm für die Bewohner der *Residencia*. Ärztliche Versorgung war notwendig, aber nicht alles. Nora und Georg wußten, was man Leuten in ihrem Alter bieten mußte. Action. Nora verabschiedete sich von Helmut. Er hatte mit zwei Freunden im Winter das sanitäre und elektrische System der ganzen Anlage vollkommen überholt, zum Teil ausgewechselt. Es war Georgs und Bartolos Geschick zu verdanken, daß sie von den einheimischen Handwerkern nicht massakriert worden waren.

Ja, es gehörte ihnen.

Die *Residencia del Sol*. War auf den Namen Georg und Nora Weber eingetragen. Dafür hatten sie die Schulden übernommen und für die Villa an der Küste eine Verzichterklärung unterzeichnet. Ein Haufen Papierkram, um den sich Martin gekümmert hatte. Nora stand auf ihrer Terrasse und schaute ihm nach. *Will you still need me, will you still feed me, when I am sixty four…* Als sie den Beatlesong das erste Mal gehört hatte, war sie Mitte Dreißig gewesen. Irgendwann in den Sechzigern. Viel älter fühlte sie sich auch jetzt nicht. Sie hörte das besoffene Grölen von Monster über der Musik. Bartolo würde ihn irgendwann ins Bett schaffen. Gerd, Paul und Lutz haßten ihn, Hanne, Katja und Gisela liebten ihn abgöttisch. Gundula hatte sich an Helmut gehängt. Hielt es für ihre Aufgabe, ihn auf jedes Rostloch einzeln zu schubsen.

«Georg?»

«Hier!» Wie in der Schule. Er räumte Gläser und Teller ab. Die Phoenix-Band war bereits engagiert. Pfingsten und im Herbst. Georg hatte über Monster noch ein paar andere Jazzkontakte aufleben lassen. Und Martin hatte schon rausgefunden, daß das Land nebendran zu verkaufen war. Zwanzigtausend Meter. Francisco und José Maria würden ihnen helfen. Sie nahm die Aschenbecher und brachte sie zum Mülleimer.

«Wir müssen was unternehmen», sagte sie. Georg spülte Teller ab.

«Ja, genau. Matratze horchen.»

«Wir haben Schulden. Georg, fast eine halbe Million. Und da bringt's uns wenig, wenn wir jeden hier umsonst wohnen lassen.»

«Die haben doch alle gearbeitet!» Georg legte einen halbgewaschenen Teller weg und nahm sich ein Bier. Zisch.

«Gib mir auch eins. Hmmm! Ich mein doch nur, daß wir uns nach neuen Kunden umsehen müssen.»

«Käufer?»

«Apartments oder Bungalows. Ich dachte, wir geben eine Anzeige auf.»

«Die dritte Jugend!» Er lachte, Nora nahm sich ein Stück Papier und schrieb.

«Genau.

DIE DRITTE JUGEND
unter der goldenen Sonne Spaniens
Spaß, Genuß und Lebensfreude
unter Freunden

Wie findest du das?»

«Geht. SZ und FAZ. Auf Reaktionen warten. Sag mal, hat dieser Bullenspecht jemals eine Summe genannt?»

«José Maria? Nein. Nicht direkt.»

«Er wird aber.» Georg schnappte eine neue Bierdose auf.

«Georg. Hör bitte auf damit. Alles ist abgeschlossen. Unfall. Niemand konnte irgend etwas anderes feststellen. Niemand! Hörst du? Unfall!»

«Norchen», seine Stimme wurde zum Flüstern, «ich kann's nicht vergessen!»

Knack.

Sie wollte antworten, da knackte es wieder. Nora sprang ans Fenster. Sah einen Schatten weghuschen. Schmal, dünn fast. Georg war neben ihr, hielt die starke Halogenlampe in der Hand. Ein blendweißer Kreis in der Nacht. Die Gestalt war verschwunden.

«Ist diese Brillentochter von Kaufmanns wieder hier?»

«Weiß ich nicht. Für mich sah's aus wie die alte Gundula Henewein.»

«Hat hier rumgehorcht.»

«Na und.» Er knipste die Lampe wieder aus und machte eine neue Bierdose auf. «Was könnte sie schon gehört haben?»

«Gerda», sagte Nora leise, «Gerda, Robert und *little Bennie* kommen nächste Woche.»

«O Gott!» Georg fiel auf den Stuhl, verschüttete das Bier über seine Cordhosen. «O Gott!»

Crime Ladies

«Frauen morden einfach besser.»
Bild am Sonntag

Patricia Highsmith
Venedig kann sehr kalt sein
(thriller 2202)
Peggy, jung, hübsch, verträumt, liegt eines Morgens tot in der Badewanne. Niemand zweifelt, daß sie sich selbst die Schlagader aufgeschnitten hat. Nur für den Vater ist klar: der Ehemann muß schuldig sein...
«Unter den Großen der Kriminalliteratur ist Patricia Highsmith die edelste.»
Die Zeit

Linda Barnes
Carlotta steigt ein
(thriller 2917)
Eine neue Privatdeketivin gibt es zu bewundern: Carlotta Carlyle, rothaarig, Ex-Cop, Ex-Ehefrau und erster weiblicher Privat Eye in Boston.
Carlotta fängt Schlangen
(thriller 2959)

Nancy Livingston
Ihr Auftritt, Mr.Pringle!
(thriller 2904)
«Wer treffenden, sarkastischen, teils tief eingeschwärzten Humor und exzentrische Milieus schätzt, kommt mit Privatdetektiv G.D.H.Pringle, einem pensionierten Steuerbeamten, der die Kunst liebt, ganz auf seine Kosten.»
Westdeutscher Rundfunk

Anne D.LeClaire
Die Ehre der Väter
(thriller 2902)
Herr, leite mich in Deiner Gerechtigkeit
(thriller 2783)

3022/2

rororo thriller

Jen Green (Hg.)
Morgen Bring ich Ihn um! *Ladies in Crime I - Stories*
(thriller 2962)
Diese Anthologie von sechzehn Kriminalgeschichten von Amanda Cross über Sarah Paretsky bis Barbara Wilson zeigt in Stil und Humor die breite schriftstellerische Palette der Autorinnen.

Jutta Schwarz (Hg.)
Je eher, desto tot *Ladies in Crime II - Stories*
(thriller 3027)

Irene Rodrian
Schlaf Bübchen, schlaf
(thriller 2935)
«Böse, bedrückend, typisch deutsch.»
Schädelspalter, Nürnberg

«Es liegt in der Tradition des Kriminalromans, daß Frauen bessere Morde erfinden. Das ist schon seit Agatha Christie so. Aber warum? Diese Frage kann einen wirklich um den Schlaf bringen!»
Milena Moser in «Annabelle»

Serientäter

Jo Bannister
Selbstmord wider Willen
(thriller 2894)
Clio Rees kann es nicht fassen: Luke Shaw hat sich getötet. Selbstmord meint die Polizei, aber Clio hat Zweifel...

Robert Brack
Die siebte Hölle
(thriller 2941)
Oldtimer bringen´s besser als Bücher, meint der bankrotte Buchhändler Jercy Pacula, und überführt zwei Limousinen nach Lissabon...
Schwere Kaliber
(thriller 2967)

Frank Göhre
Der Tod des Samurai
(thriller 2832)
Letzte Station vor Einbruch der Dunkelheit
(thriller 2795)
Es ist Ende der 50er Jahre. Am Baggersee wird ein totes junges Mädchen gefunden und für Kommissar Peter Gottschalk ist es der erste eigene Mordfall...
Der Tanz des Skorpions
(thriller 3025)

Daniel Pennac
Im Paradies der Ungeheuer
(thriller 2922)
Wenn nette alte Damen schießen...
(thriller 2921)
Königin Zabos Sündenbock
(thriller 3003)

Daniel Pennac/ Jean-Bernard Pouy/ Patrick Raynal
Machtspiele
(thriller 2961)
Die drei französischen Erfolgsautoren schrieben reihum je eines der 49 Kapitel.

rororo thriller

30 Jahre thriller Jubiläums-Lesebuch
(thriller 3030)
Dieser Jubiläumsband präsentiert einen opulenten Querschnitt durch die Geschichte der rororo thriller Reihe und bietet, wie könnte es anders sein, literarischen Nervenkitzel pur. Die Palette internationaler Autoren gleicht einem Who is Who der Kriminalliteratur.

Julian Symons
Entscheidung im Kreuzverhör
(thriller 2866)
Für die Partygäste ist die Sache klar: Solomon Grundy hat versucht, die junge Frau zu vergewaltigen. Als sie ein paar Tage später aufgefunden wird, gibt es nur einen Verdächtigen....
Der 31.Februar
(thriller 2871)

Paco Ignacio Taibo II
Das bizarre Leben
(thriller 2940)
Comeback für einen Toten
(thriller 3019)

Serientäter

Larry Beinhart
Kein Trip für Cassella
(thriller 2873)
Ausgezeichnet mit dem «Edgar» 1986.
Zahltag für Cassella
(thriller 2932)
Bei Privat Eye Tony Cassella steht eine Steuerprüfung an. Genau in dem Augenblick, als er genügend Beweismaterial gegen den Justizminister persönlich zusammen hat...

Bob Cook
Die Marionettenspieler
(thriller 2946)
Herbie Feigl, Lehrer an einer Provinzschule verschwindet während seines Urlaubs spurlos und mit ihm sechs Bücher des österreichischen Bundespräsidenten aus seinem Gepäck... Ein neuer Fall für Professor Michael Wyman, Es-MI 6-Agent.
Sprengstoff für die Downing Street
(thriller 2978)

William Krasner
Auf dunklen Straßen
(thriller 2928)
«... ein finsterer, milieusicher erzählter, bitter realistischer Roman, der den litarischen Vergleich auf hoher Ebene ohne weiteres standhält.» Heinrich Vormweg im Westdeutschen Rundfunk
Blackout
(thriller 2936)
Tod eines Bohemien
(thriller 2938)
Am Tatort wimmelt es von zwielichtigen Künstlergestalten, gescheiterten Intellektuellen und Möchtegern-Bohemiens. Nur der Mörder ist nicht zu entdecken...
Die letzte Tat des Mr. Goodman
(thriller 2937)

rororo thriller

Jerry Oster
Kältesturz
(thriller 2953)
Winter in New York. Der Schnee hat die Stadt im Griff und nicht nur ein paranoider Killer läuft frei herum...

Jean-Bernard Pouy
Verdammte Ferien!
(thriller 2896)
Mit Fünfzehn ist man heilfroh, wenn man die Schule hinter sich und die Sommerferien vor sich hat. Dieses Gefühl verläßt Marcel recht schnell, als er in ein Zugunglück gerät und eine Tote auf ihm liegt...
Volle Dröhnung
(thriller 2856)

Detlef Wolff
Zwölf Jahre zuviel
(thriller 2912)
Carl-Heinrich Heugen ist kein Mensch mit einwandfreiem Charakter. Aber seine Frau hat der Spezialist für chemische Kampfstoffe wirklich nicht ermordet....

3024/2b